Hanakoganei Counterpoint

榎本櫻湖

Saclaco Enomoto

七月堂

Hanakoganei Counterpoint

道へ

それぞれのはじまりについて、わたしはなにもしらないが、はじける泡の生じるさまを眺めるくらいはしていたはずだ

(星々の獣道) にたって、草木の靡くのに耳をすませていたのだったか、蜜蜂や蝶の描くおぼつかない風の起こりを嗅いだのだったか、いずれにし

てもこまかな粒のその内側へ、封じられた声を辿
って虹はたなびき、いや、蛹や繭が雨露のあたた
かさに揺すられたのか

やがて櫻の葉のふちに指をそわせ、蟬が啼くのに
くすぐられた胸に、桃や枇杷の種を宿す

鶯の歌も、遠い街の花火も、幻想は波のうえでだ
け舞うのであって、乾いた土が濡れるのはただ、
紙片がめくられつづけるからだ

狸を見たか

はたして陽炎が産毛に抱かれる日に
かれらの瞳は走ったか
笹笛をさずけて

沸騰した水がお湯と呼ばれるまでにかかった時間

そのようにしてそれらの果物、たとえば林檎であるとか、洋梨であるとか、とにかく形状や質感を類推することのできそうな、甘美な匂いを放つ、あらかじめ腐敗することを決定づけられているものを、籐などを編んだ飴いろの籠からとりだす仕草を、画布へと写しとっていく、つまり肩から腕、そして手頸までを繋ぐ骨と筋肉などの動きから鳩の羽搏くようすを連想してしまう午后、冬の弱った陽射しが窓から侵入し、光の粒子が散乱している部屋には猫がいるかもしれないのだが、褪色した壁紙、板を組んだ傷だらけの床、そしてそれらの物質へと吸収されていく粒子の多くを直接肉眼でとらえることはできないが、ぬけた猫の明るい茶いろの毛、その他の繊維がからまった埃、そのなかには生物から脱落したさまざまなこまかい滓が含まれていて、箒でしっかり掃いて棄てることを懶けようとする背なかの丸みを辿って、鉛筆を動かしていくのだった、小さな草臥れた机のうえには紅茶のはいった英国製の茶器と、焼き菓子を載せたおなじく英国製の皿、幽かに湯気をあげているそれらと陽射しによって舞っていることがわかる埃や塵などの描く線のむかうさきを網膜は、視神経は、しっかりと認識することができるだろうか、窓の外には萎れて枯れかけたなまえすらわからないような草花がいくつかの鉢に植わっているのがみえるが、それにしてもときおり尻尾を揺する牝猫の規則正しい寝息に耳をそばだてていると、隣の家の柿の樹に停まっているのであろう小鳥たちの啼く声が不躾に鼓膜を震わせて、いや、そうではなく、しろく嗄れた声にひきよせられるように粗い布のうえにおかれていったのは、悪辣な嘴をもったいかにも不貞腐れたような貌をのぞかせている隣人であるだろう、化学繊維と綿とを紡いだ毛糸でしたてた長袖を羽織って一日中暗い部屋の窓からこちらをじっと睨んでいるような、青底翳のために瞳孔が濁ってときどきは翅に光沢のある南米産の蝶のようにそれが光ってみえることもある、ただでさえ奥目で眼光は鋭く、いつでも眉根に皺がよって片方の目蓋が痙攣し、蛇や蜥蜴などのようにそれがすばやくおろされ、ふたたび開くと血走った白目の部分が際だってみえるのだが、そこに多肉植物の棘が刺さっていることがよくある、そう、籠のなかの果物に手を伸ばすこどものやわらかそうな皮膚にちいさな蜘蛛が、種類まではわからないが焦茶のそれがくっついているのを目視するとき、毀れていたはずの時計の振り子の音がふいに聞こえてくることなど、はたしてほんとうにあっただろうか、近くの公園の池には薄紅いろをした鯉が数匹泳いでいるのをあなたは思いだすことができ、野良猫が池のへりに陣どってそのようすをうかがっているのも同時に思い浮かべるだろう、時代遅れの蓄音機のそばで耳の垂れた犬が、さも音楽に聴きいってでもいるかのように坐っている絵の描かれた、朝顔の蔓に巻きつかれてついには呼吸までとまってしまった近所の老婆が生涯離さず抱いていた人形の、不気味な首、木製の肥ったくるみ割り人形が顎をはずして二十日鼠を追いまわしているが、書棚におかれた真珠には目もくれず、写真たてにおさめられた写真のなかの若い未亡人の眼球はほのかに、まるで螢かなにかの発光生物のように明滅している、夜更けにわざわざ地下室から梯子をのぼってくるような鏡に閉じこめられていたことのある最後の夏に、庭の薔薇がやさしげな視線を避けるようにして金属質の葉脈に影を隠そうとしている走馬燈であった、松毬の鱗が剝がれたような鮫肌が木屑にくちづけしているのは、いかにも神妙な面持ちで革靴を磨いている女中の囁き声と亜寒帯に棲息しているはずの硬い外骨格に守られた朝焼け、閃光が左側から中央へと辷る、にわかに憂鬱な百科事典を繙いて虫喰い穴ばかりの紙面に溶かした鎮静剤を充溢させているが、煉瓦でかこわれた覚え書きに稚拙な文言を認めるたびに、漣だった水面から朽ちて蕩けた蓮の茎が笑顔を含ませて逢瀬をくりかえしているのが観察できるのだった、なににもまして曖昧な食卓を覆っている糊のきいた種子は乾燥した室内を飛散する諦めのようなものかもしれないし、誰かが唾液でふやかした有刺鉄線をまたいでいくらかその部屋よりは暖かそうな温室へと闖入するべき惑溺であり、錯乱している夾竹桃の背負っている巨蟹宮の重たい門扉でさえある、あたかも蹂躙されることへの憧れが縫いつけられた、白貂の毛皮をあつらえた貧相な肋膜そのものの姿で、よっつの舞踏を縺れさせつづけている宙吊りにされた金平糖の蹬に脅えてしゃがみこんだ胎児のようなものを装う、襞の奥から垂れさがっている錨をのぞいて、潤っている逞しい夢の鎖骨をときには斃す肺魚を志すものもある、髷を嫁すための柘植の櫛に、鬣を靡かせて走る漆黒の蹄鐵をみよ、背にまたがった髭面の中年男の吐く煙にくるまれて睡る蠶を茹でよ、ななつの隧道を貫く銃弾を手摑みし、喉を鳴らして戯れる穢れた虎を魅了するものの、深更、甲冑に嵌められた碑銘を諳んじる勇壮な鉤爪を愛撫せよ、抉られた鼻のしたたかな密集に堪え、ぬけ落ちた途上にあの人をみよ、足蹴にされた飛蝗が頭を揃えた何本もの釘のように直立し、防腐剤を塗布された廃材を組んだ、隣家との境に慎ましく並んだ柵に百舌の早贄のようにして刺さっていてそれを数羽の鴉がつついているのだが、その光沢のある艶やかな、緑や紫にときおり煌めいてみせる羽根に戦いている裏の家の雑種の犬がそのくせやかましく吠えたてていて、尻尾を左右にふって微睡んでいた猫が驚いて短く叫びながら奥の部屋へと駈けていったので、裏の犬は余計に吠えることをやめはしないだろうし、そのために震える手や鉛筆がしなやかな曲線を描こうと思ったとしてもこまかく波うった不格好な、しかも濃淡のはっきりしない不鮮明な線にしかきっとならない、年中おなじ水温に保たれた水槽のなかで青や橙に染まった鰭を揺すって餌を求めている魚たちが目蓋を欠いた虚ろな目でみているものははたしてこの部屋の、あるいは窓からのぞく不快な事柄なども含めて、いったいどの線であろうか、さまざまな、幾本もの線が飛びかっている、きわめて平面的な情景の、いったい、どれであろうか、そうなのでなければ、目など潰れてしまったほうがいい、季節はずれの扇風機の陵辱である、それは鰯であるか、それとも羊であったか、なににしたって疲弊した堅牢な廃墟には些細な悪事が蟠ってさえいよう、嘘つきの三日月や大袈裟な金盥などが鬱積している時宜である、虹いろの薄衣を翻して落葉樹林をさまよう腎臓をまだそれはしらない、とても大きな自転車が油膜との交接を苦々しく思う、青痣を嚙み砕いて刈りとられた躁病質の粉末をしる、いや、もしや、腫れあがった錆だらけの蛇口を吞みこんでは酔い痴れる死にかけの猩猩蠅を一散に、しかし緩慢にそれぞれの矮小な領域へと逃れきることができたのなら、翅脈を啜る誘蛾燈の、あまり腥いくわだてであろうと摩滅するはずはない、そして、まさかいよいよ裸の柳の樹がしどけない枝を揺すっているような夕暮れだとでもいうのだろうか、水槽のなかでは忙しく金魚藻がこまかな泡粒に煽られて魚たちをやさしく惑わせているというのに、いまにしてみれば熟れた柿の実が椋鳥らによって地面に落とされる鈍い音さえおだやかな午后の時間の流れに漂うお伽噺のもの悲しい名残りのようにも思われるだろう、または台所から聞こえてくる食器を洗う物音であってもさながらささやかな幸福を齎す天使たちの囁きかわす声のように聞こえてこないでもないし、すっかり冷めてしまった紅茶の暗く澱んだ重たい輝きだろうとそう遠くはない昔に妖精が踊るようにして赤銅いろの液体のなかで舞っていた茶葉が匂いやかに、そして優美にあやつられていたことをも思いださせないではない、小麦粉や砂糖にまみれて焼き菓子の生地を捏ねていた幼い頃のあなたの横貌を、いまでもしっかりと思い浮かべられるのは、それはあなたが湯気があがっている焼きたての菓子を素手で触ってしまって火傷を負って慌てて蛇口を捻って冷たい水をあてていた、けれどもどこか楽しげで、あなたは兄へむかっていくつも並んだおなじような壜を顎で指し示し、甘く煮た苔桃を器に盛りつけておくよういいつけると、彼はいったいどれのことなのか、と問いながら、いちいち蓋をあけて指をつっこんで味見をしていたのを、それは胡瓜の酢漬けだなどと微笑してみせ、違う、もっと左の、そう、そう、それそれ、などとようやっと壜に指をかけた途端、その頃に飼っていた猫が唐突に壜のおいてあった棚にのぼってきて彼の手の甲に猫の鋭い爪があたってふいに壜を落としてしまい、派手な音をたてて割れた壜の破片と中身があたりに散らばって、いったいいまのはなんの音なの、と二階から降りてきたふたりの母親がその光景をみるなり、後片づけはしないからね、と吐き捨てるようにして、ふたたび階段をのぼっていった後ろ姿や、ちょうど新聞を届けにきた少年にむかって吠えはじめた、裏庭の犬に驚いて飛びたっていった小鳥たちの群れの羽音が、その影が窓硝子に映ったのを、まるでさっき起こった出来事かのように覚えているからなのか、いや、もちろん、そんな近代的な家庭などとはまったく縁がなかったくせに、画布にむかいつづけてどれくらいの時間が経ったのかはわからないが、外は昏く、急に肌寒くなってきたのでなにかを羽織ろうと丸椅子からたちあがると、足が痺れてうまくたつことも歩きだすこともできずにつんのめって机の端に手をついたがためにそれらをひっくりかえしてしまって、紅茶や焼き菓子や食器などが床に散らばって、思わず両の手で貌を覆ってしまったのだった、たしかに隣人はいまでもこちらを睨みつづけていたし、そのようにして井戸はあって、いかようにも釣瓶は泥まじりの腐った水しか汲みあげはしないのだから、なにに期待をかけようとも蟾蜍が飛びでてくるはずもない、それにしても井戸の深さに釣糸を垂れることとそのものの造形に、魚籠のなかのおいしい罠が踊ることもあるか、藍いろの長い睫毛がちいさくひしゃげていたが、蛸壺のふちから洩れでた蜃気楼を叩く錆だらけの山脈にある、なにかがたらない胡椒の城へ、中庭には固形の噴水と虹彩を砕いたような訪れが閃いていた、その峠を超えると巻貝につれ戻され、鷂の剥製が波に揉まれる瀞のよく澄んだ琥珀の翼が鋭い刃をむけてこちらへ飛んでくる、そのとき竜巻は織機の傍らで蹲り、前歯をへし折られたあどけない表情を刺繍する穴蔵の兎にさも玉座を奪われたといったようすの女王の冠を落としてみせるのだが、大きな寸胴の鍋のなかを泳ぐ鼈も尾長鴨の慌てた蹼を忘れることはない、そうした遊びに耽るこどもの襁褓をかえる乳母の雀斑だらけの、皺や染みで覆われた醜い体軀をおおよそ生半な歌劇のうちにみかけることなどさして珍しいことでもないので、やまないくしゃみ、あくび、しゃっくりにふき飛ばされて、藁も茅萱も瓦も葦の根元で猿真似をするにとどまらず、嫉妬や脂汗に袖口をほつれさせて涙を拭う暇さえ惜しんで、Hört、耳飾りをむりやりひっぱる、hört、軍靴をおとと い投げつける、hört! 洟水に喇叭水仙でも活けてみる、Rachegötter hört! 蜘蛛の巣にさえぎられて獣道の泥濘みに金や銀、紅玉や翡翠、縞瑪瑙だのを餌を待つ愚かな鯉のとぼけた口に落としてしまうのだ、der Mutter Schwur! 憐れ、指揮台からころげる溝浚いの王子がまったく、卵のように割れていて、高慢な態度をあらためることだ、なにも天牛に話の終わりを告げさせようとすることもない、In seinen Armen das Kind war、薬草学ならふた昔もまえに褻れた修道女からその手解きをうけなかったわけではないし、腹違いで種違いの弟の生皮を鞣して天日に干し、そこから生えてきた場違いの茸のひらいた笠のしたで白痴の羊飼いが首輪を嵌めて狼が迎えにくるのをひたすら待っていた、やがて膠がやわらかく溶けて懐かしい鈴懸の木立をぬけてくる暖かな風が痲疹だか疱瘡だかをはこんでくる、舟歌が竿を握るご不浄での情事に情婦も妾腹も大童、長い坂を酒樽がころがってきて、冬瓜なんかが庭さきからのぞかせるその赤らんだ頬を蔓植物の種がよごしていたのも猥らで槍の尖った思いでで、画架にかけられたいまだしろいままの布のうえに電球の影がよそよそしく煤けた光を投げかけるとき、ふいに針槐の枝から吊りさげられた薬罐が喚き、tot、遠く警笛が鳴るのを聞いていよいよ冬の旅のはじまりを悟るのだった、

冬の旅

わたしは――わたしは、とわたしは書きだしてしまう、ようやっと、ためらいもなしに、わたしは、と――帰る家を探していたのかもしれない、帰る場所を、ずっと、わたしがわたしであるまえから、ずっと、まったく、とるにたらない、つまらない思いを抱いて、毛足の長い飼い犬を抱えるようにして、そう、そこは犬小屋のような、豚小屋のような、木切をくんだ、簡素な、粗雑な、安価な木材に浮いた木目をペンキで覆い隠すこともなしに、そこにあるいは犬の足跡が、乾いて罅割れた肉球のこまかい筋目にはいりこんだ土埃などの痕が残ってしまうかもしれないし、そうした誰かの、なにかしらの痕跡に凭れかかって寒いのに汗をかきながらはじめて冬の星座を眺めたころ、節分をすぎてなお鹿の角を生やした鬼に追いたてられて樹海を彷徨ったあの日、などと装ってしまってもいいのかもしれない、木片をならべただけの遊歩道からそれて、いよいよなまえのわからない樹々にかこまれて、まさか、鬱蒼、などとは、そんな卑俗な物言いをするのは憚られるのかもしれないけれども、真下に終わりのしれない洞窟をおり畳んだやさしい樹海のただなかに、きっとみつけるだろう世俗から逃れてきた僧侶のひっそりと暮らす粘土と牛の糞尿を混ぜたあたたかみのある細工物を、消化しきれなかった禾本科植物の花穂やなにかが壁から顔をだして、古めかしい歌を口遊んでみせた、川を渡るまえに、鼈甲を背負って、焼き菓子をくわえさせて、わたしは――またしても、わたしは、とわたしは書きつぐことをやめられない、潰れた蒲団に包まっていたわたしは――、それを帳面に写すことすら怠ってしまったので、雛の、ようするに雀かなにか、梅や椿の枝でときおり囀ったり叫んでみせたりもする鳴禽類の一種の幼鳥が、黄いろい嘴をひらいて、薄紅いろの口腔に釣餌を溢れさせている糞と涎と羽毛とにまみれた巣――斑いりの卵殻を粉々に砕いて庭の鉢植えに撒いてみる――、そこへと到る蠕動する薔薇のはなびらにきっと汚れた指をかけてしまうのだろう、冬が幻視の季節だとするならば、安楽椅子に腰かけて霧のなかに腕をつきだし、そのひとのまぼろしの肩に手をかけようと空を摑んだまま、汗で湿ったてのひらを、指をただむなしく動かすだけだろう、たち枯れた薄が風に靡いているなかを歩いていって、やがて両脇に崩れた石垣がつづくひとけのない路地をぬけて、そのひとの生家へと辿りつくだろう、黴臭く埃の舞う畳敷きの部屋でふたたび、籐の揺り椅子に坐ってわたしの写ってはいないアルバムを懐かしそうに捲るだろう、庭先から頻りに吠えたてる犬の気配だけが漂ってくるが、それよりそのひとの影がゆらゆらと扉があいたままの便所へと消えていくのをじっと見ていることしかできないのだった、錆びた釘が何本も転がっている板の間を過ぎて倒れた燈籠や朽ち葉の浮いた手水鉢が窓のそとで息を殺して、地層が剝きだしになった崖のうえを飛ぶ鳶に怯えているのだが、そのひとはだしぬけに海沿いの、砕けた墓石がならぶまえに佇んでいるのだ、まあたらしいテトラポットが積みあげられた、砂浜のみえなくなった岸辺にそのひとやそのひとの幼い姉妹が両手いっぱいの大きな西瓜を抱えて海からの風に煽られていた、半島のように突きでた丘のうえの神社には沈没した漁船の折れた舳先や座礁した鯨の腐肉がひっそりと供えられている、そのような大地をひき剝がして隠蔽された夏の星座を眺めようとするころには、青草の苦い汁がわたしのからだのうちを巡るのだろうし、棚からなだれ落ちた本を一冊ずつ拾う窶れた手がはたして誰のあたまを撫でたのだったか、その手に浴衣を着せられて土瀝青に汗の滴をたらし、お囃子の聴こえるほうへと駈けだしていったあのときを、たったいま青鷺が飛びたっていった川辺の繁みに探すのか、毀れたラジオから聴こえてくる白鳥の歌をすこしずつ五線紙に採譜していく手をわたしはきっと捏造するだろう、そう、もうひとりのわたしがそこでそうしたように、その虚ろな情景を彷徨ういくつものわたしが、しらない家の玄関先に停められたしらない車へと乗りこんでいくのだった、それにしてもわたしはまだその日の月を見てはいないのだが、

群島S.

デヴォン期の白鳥が
その幽玄のたなびく暗夜のうちを
めぐっていった、ちぎれた時間の濁った
棗いろのからだが羽根を汚すのだが、
角のある部屋には嘴を
さしいれられずに佇んでいた
蹼を破って流線型の
片目の潰れた微生物らが

河原の礫に生えた苔を浚うのは
せわしなく動かされる脚のあいだを縫って
鱗のきらめきに唆されたからなのか
そのあたりに盛られた塩を
ひたすら舐めている

溺れる部屋で
鎖の智慧を牽く、首
とりだされた結晶質の蛋白石は
叫ぶことをおぼえていた
だしぬけにはしっていく
午后の竈を棄て
蟻酸に溶かされる耳を奪って
畠を

縫う血管が
砂を吐いている

したたる桃の梯子を
揺する炭鉱
脅えた背中に、
いましがた穿たれた絵
朝から井戸は疎ましく泣いている
蝶番に喉がはじけて
異教徒の乱暴な横隔膜を捩る
それは廻転しない
左利きの鮫膚
拝跪する足枷には休暇を刻んで
育んでみせるか

いくつかの営みには
ときおり、挨拶を忘れて
めだった枯れ枝をつき刺してやる
愉快な郵便配達夫、が
必要かもしれない
菌類を愛でる
昏睡の弟、たったいまから
木綿の肌理を襲ってみて

それはどの場所から
はじまっていたのだろう、
つまり、その川は

償いそびれ露に濡れたわびしさや
別れ際の冷たい視線に溺れることもなく
きっと湧きあがったのだろう
夕暮れに、薫る聲をおいて去る
懐かしい風景
丘のむこうから
牛たちの悲鳴が聳え
天の川
すべての季節に睾丸は実る

結わかれている
舌さきを斜めに辿る
羚羊の
甘美な布を

たしかめていた濡れる地衣類
頭蓋骨は騙るだろう
それが巖の舟
おどける龍骨に
薄くしたためられた血
盃をまて
氷に眼を蔽われて
犬の影がひた走るひとつの刻限まで
熔岩
縄への婚礼のはじまり

環礁、あるいは《星月夜》

夜の湿った修道院
彼方の海へ溺れるだろう
狩人、鰓の地層から放たれる
汗をすったさざめきと
その萎びた蝶の翅、嘴には
蒼い顔料が、泣きはらした月齢まで
目覚めることを拒んで、
蠟石をくわえて

たたずむ瑪瑙、あるいは片翼の血尿よ
深い草叢へと駈ける月桂樹の
破れた心臓を

朽ちた鯨の亡骸のうえになりたった大地にはしろく光る忘却が流れていたし、沖に浮かぶ砂の島まで渡された橋をいくつもの透明な影が彷徨っていた、むろん、そうした寓話には山羊の乳房と河馬の顎が生えていたが、濁った眼球のなかに設えられた部屋の書棚に籠った埃のように、いろ褪せた風物とことばの破片が叮嚀にならべられていたのだった、その空虚さに睡りへと落ちるまえのものたちはくちから蠍を吐きだして廻転する扉の軸に巻きつく、いわば輪郭の解けた樹脂を象っている、つねに少年たちの遊戯を眺めている刃のある昏迷は、遠く山巓に横たわって靄を啜っているが、暈やけた光景を拭う原始的な植物の葉を食む牛の背に乗って、彼らを追いまわすことを好む悪趣味な老体に、多くは嫌気がさしていたのだろう、海よりも山の遥かな憤怒にかこわれた土地、漣が砕けて硝子に変質する砂のうえにはあばら屋が建ち、銀いろの魚をさばく蘚の生えた腕をのばして塩の結晶を貪る、つまりは毛髪を棚曳かせ鳴禽を搦めとる民は水と泥のはざまで溺れる愉悦に浸っている、愚かだ、と難詰することもできるのだろうが、むしろ膚を焦がしてさいなまれることもなく游泳する姿に幾許か感心してみせもする、

土地の中央に残された水泡はやがてはじけて透明な棺を蔽うのだろう、幻視した少年の艶やかな肢体をはう眼差しがその表面を爛れさせてしまっても、醜く融けて崩れてしまうことはなく、魚族のなめらかな舌が枯れた部位を優しくいたわる、それにしても翡翠の飛びかう水中には極彩色の絹糸がはりめぐらされ、鳥たちの嘴に纏わりついて苦しそうでもあるのに、悠然と縦横にうつろうあざやかな火球を瞶めていると網膜に錆びた銅が繁茂するようである、水の壁に刻みつけられた虹の無思索さにあきれはて、さながら土中を駈け

る盲いた小動物の懸命な掘鑿作業をおもえば、その弾道の煌めくさまは追尾することも適わぬほどの複雑な曲線を描いていたが、おなじように、土中に密やかに咲きみだれる芙蓉の蘂が沈黙のうちに愚かな酔客のくちびるを撫でまわし、僅かにひらいた洞穴に潤びた珊瑚が枝をのばしているふうでもあった、そのような遠景に鎖されてしまう墓の傍らには毒草とあやつり人形とが燻っているが、内部を覗くことすらできそうな肌理こまやかな膚には虫に刺された痕が夥しく、不躾なふるまいを詫びるようすもなく点綴されてある、古くに編纂された星図には鳳の寵愛にとまどう誰彼の裸体が狎れなれしく、惚けた娘の目を灼く、

明晰さと暁闇の縞模様のただなかで、不規則な波紋をかさねる粉雪は狐たちの和毛を膨らませて憎悪のなりたちを詳らかにするであろう、方角を失った祝祭に集う鬼火を捕らえて木箱におさめていくのは薄紅いろの黴を纏った少年の特権であり、たとえ冷たい標本に指

を齧りとられて鉛筆を握ることができなくなってしまっても、密集した神経の導くさきにはこうべを垂れた草食獣の群れが微睡んでいる丘がひろがっていて、微風にとりまかれた四阿につねに新芽を尖らせたすべらかな樹皮を羽織る神官が跪いているのだ、児戯におかされて噴火の絶えないいくつかの起伏が棘を繁らせ、くるものを威嚇している腥いその土地の吐息に触れられて、だしぬけに脛の骨をおる馭者の喘ぎが下草の肥やしになっているともしらずに、もはやゆるやかな胸郭をあてもなく流離う彼らの滴る汗を舐める牧夫は脚を蕩けさせてしまっていて、にわかに藍に染まったうちまたを嬲る早咲きの菊がきれこみの深い葉を翼にかえてそこここの水溜まりのうえを閑かに跳躍しているのがわかる、雨だれの咳こむ姿はあたかもたちこめる霧に噎せかえる寝惚けた熊のようである、

森林地帯には死刑執行人の蒼褪めた義足が象嵌された深海が鏤められてある、拘泥するもののよっつに遮られた龍骨、艫、帆、羅針盤が、それぞれ猟犬の牙に鎖で繋がれていて三

日月のひきずる銀の航跡のなよやかな階段を垂直に呑みこんでいった、足の萎えたこどもが耳を抱えて煉瓦造りの繭のうちへと隠れるとき、熔岩の迸りが結晶質の撓んだ昏睡を錨の心臓から盗みだして囀る樫の樹液がおだやかに凍える嘘を窘める、誰も悲しみを蟠らせるものはいないだろう、貼りついた声のために餌の叫びを書き記すこともできずに、幾本もの真鍮製の針を穹窿へとたち昇らせる傲岸な甕の罪をあじわう、その内壁には色香を失った照葉樹林が刻印されていたが、埋没した瞼の最奥にうちあげられた幽霊船には湖が満ち、偏頭痛の舫い綱を揺らして剥落する細胞を縫いつけていた、そののち螺旋型におりまげられた頚が葉擦れの音をたてて灌木の繁みのほうへと歩きだし、妖艶な少年がたったいま羽搏いていく後ろ姿に唾液を零しているのだった、投函される中途、葉書にしたためられるはずだった花鋏の譫言は、三椏のあどけない断罪にまぎれるようにしておもむろに裏側の廐舎へと快く駈けだしていった、観察することと記録することとのあわいに光芒がほの昏く、そして猥りに、呪術師のくちびるを辿っていくだろう、なめらかさを棄ててさえ野分に惑う小利口な果樹を、いっとき、冥府の門口へとたたせてみる、三角洲のへり、鱶のまぐわいをまちわびて、黄いろく褪せた星の蔭から溢れる溜め息を吸うだろう、はりつめて背鰭の破れめから指をのばして産湯をまつ刻限に恒星の放った精液がみるみる腐っていく、ゆるく時計が奪われてしまう朝と午との空隙にそっと潜ませてある砂粒の戦き、描くだけではたらない貯水槽のわきにたつ椰子の樹が、雪の華に擬態して街道を脅えさせていく、土塊がいまだ懸崖のきわに聳えているのはさんざめく鳥たちの棲家から玉虫いろに耀う有刺鉄線が地平の靡く涯まで泳ぎさっていくからだろうか、そのようにしてそれは廻廊を背にたたずみ、橙いろに暮れなずむであろう土地のことばを書き写す、喉をならして鋭利な文脈を壽ぎながら白鷺への追悼を朧げにひきのばした烏賊にかさねて抉り、眉根に寝転がる豚たちの粗い生皮を舐めるようにさする、指の節に孕まれた飴は執拗に踏みつけにされ、そして砕けて、波間に浮かぶ生首に圧殺された爪のさきが踊るように焔を吹く、樹々がいまにも燃えそうなのを双眼鏡が穿孔している、しばらくして乳母車の屍体が車椅子の屍骸にとってかわるときに、おなじように頻尿を抱えて鰾が悪しざまに濡れそぼっていくのを誰も見逃すはずはなく、牛刀の柄こそ匿われた姉妹を薄墨のうえにあきらかにしてみせるだろう、西方の楽士らは顫える手をとめてまるまった弦に括りつけられた四肢を戯けさせる、月の盈ち虧けが泡を膨らませている、

媚びるように獣を呼び、痛めつけるかのような七枚の畳は束の間の迸りを隠すのにつねに躍起だった、あらゆる音楽はさながら流星雨のように水甕に浮かぶ群島のうえを通過していった、それぞれにとってそれらを構成するものは、媒体の振動と定着面の感作ではなかった、むしろ古めかしい元素のいくつかがいまだもて囃されていたし、大きな胴の両端を残忍な方法で覆いつくし、さらに無闇に殴打しつづけるというふるまいの懐からは涙の一滴さえ流れはしないのだった、絶望とともに静止しているのは義憤であるのか、それとも私怨であるのか、いずれにせよ復讐は薄明の混濁した霧と靄のさなかでうち震えながら芽吹く鬨の声をまっているのだろう、弩を提げ孔雀の尾羽のうえを歩いては向かうさきもなく、砂塵の閃く大地にはたくさんの瘤のある奇怪な樹木がささくれだっていて、そうした

遠景を見ることもなしに描きとめるだろう蘆の葉には陽が昇りはじめるその瞬間まで輝いている星までの道筋が刻まれてある、距離にしてきまぐれに砂地をはう蛇の舌の長さほどであろうか、蛙の寝息がどこからともなく聞こえてくるようなとき、踝から頽れていく隻眼の老爺を莨草の棚曳きが薄汚れた脹脛を侵そうとする、灰いろの、狐火のような葉巻に色彩を滅ぼした唾液を滲みこませ、唆されることを恐れずに嘲笑う六分儀は腐葉土を塗りたくられて虫喰い穴ばかりの枯葉の時代を毳だった羊皮紙にしつこく書きなぐっている、浸蝕された煉瓦塀には堪えられないであろう、深海鮫のような狡猾な存在の陰翳が喉元を掠めさっていくのだが、他愛ない嘘ののっそりとした挙動、砂巌を削って築かれた地下都市、

冬の終わりの貞操帯がはためいて、しずかに、そしてほどけた、淡いくちづけに薄ぎりの檸檬を浮かべた猿轡が大きく唸りをあげて雪原を舞う、あるいは縺れた潮の流れに身を投

げる狼の瞳のように乱反射する錫箔のせせらぎへ、たったいま睡眠の呪縛をあたえる、養蜂場の花ことば、金色に、まばゆく瞬く硝子を灼き殺す立方体は鐘楼の憂鬱を鏤めた薄衣を纏わせ、瘡蓋まじりの望遠鏡を眦に潜ませて頷く、死に絶えた間歇泉、膀胱、その模造品、煉鉄の果実を焦げつかせた山猫のゆくえを翻させて濫りに転覆をくりかえす艀を逆さまに吊るし、憤怒と欺瞞で鎖された幽冥をなだめるための水盤をまろく、何枚もの古地図に密生した棘とあかるい繊維腫、きわめて安全な閃光と槍とを背負い、全滅をはこぶ犀の角で羽を休める黝い鼻面の朱鷺は腐臭に誘きよせられる、北十字の刺し違えた方角へ、にこやかな海獣の群れには砲丸の痕跡がとても丹念に忍ばせてある、温い紅茶に沈んだ階を降りていって、砂嵐とともに蹄のある裸婦の剥製が硫黄に噎せかえり、頻りにあくびをまき散らして粉砕された角砂糖の消息を風浪の翳った鉄塔に認める、琥珀が洩れだした標本箱をしたたかに敲く山毛欅林からのびる複数の腕、鄙びた燐鉱石を溲瓶に湛え、悶える尼僧の爛れた頸筋に嚙み痕を残し、つぎはぎだらけの鹿の眼と対峙する贋物の進入禁止区域にふたたび指を融けこませる、海底深くに横たわる鯨の朽ちた背骨から、せつなげでさびしげな歌声がひっそりと海のこまかな泡に溶けるように、そっと聴こえてくるのだったが、いくつもならんだ椎骨と椎骨との隙間から滅してなお嘆き悲しむ彼らのざわめきがやがて島を包みこみ、朝陽に雑じってひとびとの暮らしをふちどる、昨晩、彗星が墜ちていった水平線の向こうから巨大な黒い影がおしよせ、しばらくすれば砂浜へとうちあげられるのだろうか、珊瑚の残骸の堆積したうえにはあまやかな香りを靡かせた樹々がそよぎ、絶滅してしまった生物たちがこっそりおり畳まれてそれらの呼吸が洩れてくる、下草の蔭からちいさな鼻を覗かせてあたりのにおいを嗅いでいるようすがみてとれる、波うち際にいつのまにかおかれてあった異国の楽器は調律が狂ってしまっていて、鍵盤を敲くと曇った硝子の音がし、しかし島民たちにはそれがいったいなにであるのかがわからず白と黒とに塗りわけられた長方形の木片を徒らに押してみるのみだった、彼らには音も音として聴きとることができずに、漣のたてる音や海鳥たちの啼く声とさしてかわりばえのしないその音を愛でようとするものなどひとりもいないのだった、誰も聴くもののいない歌にはたくさんの秘密が隠されてあったの

だが、もはやそれを解くものすら、ないのだった、

少年は、その
ほそい腕を水溜まりに浸して、
斜めうえからさす月の光に曝してみる、
尖塔から、煙があがっているのが
わかったが、渦を巻く
森のなかに隠された宝石の、
星や月にも負けない輝きに埋もれて、
なにを報せるものか、
判断がつかない

Poème Symphonique for 100 fragments

Un texte en hommage à LIGETI GYÖRGY

00

そこにおかれてあるのは静物画である、あるいはそうではない、

01

不道徳であることをことさら恐れる必要もないが、そこに建っているのは巨大な木馬なのではなく一本の葦である、そう記述されていた、

02

銀鍍金を施された貘の胎児の翼には葡萄の蔓が搦みついているが、憐れな牧童の繊い足頸には血の滲んだ歯型が浮きあがっている、

03

とある婚姻の剝製をコールタール塗れにしたのは誰か、

04

深緑いろの香水壜のなかの硬直した鼠の屍骸には複数の耳が生えていた、しかしそれは熔融したブロンズの首ほどの意味もない、

05

薄暮の火星に嵌められてある螺子が吊りさげられた染色体のうえには天球儀が瞬き、林檎の樹に実るはずの乙女の残像がよぎる螢光燈のよわよわしいあかりのしたには革靴の悲鳴が聴こえるだろう、

06

いくつかのめだたない星座に楔をうちこんで、火酒の注がれるのをまつ夕べ、単眼鏡のレンズにも霜は降りる、

07

細胞壁を匍う虹いろの蜥蜴のしずかに顫える尾は山貓の眼窩を貫いてあざやかな妊婦の尿に溺れてみたい、

08

干涸びて濁ったなまえのわからないなにかの楕円形は裁ち鋏の刃をゆるやかにすべっていく朝露を舐め、

09

けだしそれは砂のうえに無雑作におかれることを宿命づけられた塩の焰のことであろう、

10 時計塔の鐘に熱せられるようにしてペガソスは産まれたのか、

11 またしても幾本かの指のさきを雲母の切片が舞うのだ、

12 しろく錆びた欅の蔭が映りこんでいる贋物の窓と仄かに光ってみせる檻のなかの黴、渦を
巻きながらしだいに燻されていくそれら、石膏像の右腕が溶けた氷とともにグラスの縁を
東へと頽れていく、

13 しらない文字による緊縛、一匹の蟻が爛れた皮膚をただよう、

14

配水管のうちをめぐって頭のない鱗を喚び醒ます、それから綿花、雨に濡れることもなく蹲ってしまった、

15

潰された手、喉もとを攫うものの爪、盲目の裸子植物と埃をかぶったテーブルのうえのいろ褪せた手紙、それも嘘、

16

蟬の遅延を憶うこと、逆さまに蠟燭の耳を奪ってもなにも落ちてはこない、

17

ほんとうに誰もちかづきはしなかった崩れかけた煉瓦の家を訪れる犀、その背には涎を垂らしたマンゴーのあまい果肉がマネキンのすべらかな輪郭を壊そうと、つめたい壁にしこまれた古代の烏賊を焼き殺すのだ、

18

さる沃野にあって金属石鹸との攻防はいずれにせよいかなる暴動にも発展し得なかった、
つまらないことには数匹の金魚が残された泡を喰うのみだった、

19

どれだけ呼び鈴が鳴ろうともくちのはしから薄墨を洩らして、孔という孔から聴こえない
喘鳴をどの網で捕らえようか、

20

あたらしい牛の角を鞄につめこんで水曜日の陽差しに透かしてみるだろう、どの石油も赭
い、

21

棒杙に縛りつけられて金色の麦の穂にいたぶられる毎日を費やし、しらない鳥の啼くのに

怖じ気づいて花瓶を冠っている聾唖者を飲む、

22

ぶらさがった休日に水滴を脹らませていた苔の生える銅の森へいく、

23

ほとんどの構造物は風船をおもわせる記憶のひしめく湖水にまぎれている、その意味では
色彩も芳香も薬草の根を腐らせるほどではない、

24

書物の夢はあわただしい昏睡のさなか、蜜蜂の複眼をのぞきこむようにして現れる、

25

象徴らしさを失った十字架を崖のうえに建てたのはいったい、鶏が叫ぶ、

26

七つのピアノ、ヴィシュヌの貌をかき消した祭壇上のテレビ、ひきのばされた檸檬と鉗子、剝がれるのをまつだけのなにもない食卓、

27

発熱した苦悩、繁みの紡錘形の昏がりをすすむ、やがてたち枯れた蒲の硬質な臓物に亀裂を迸らせるだろう、

28

空気銃の亡霊に絆されて、釣瓶をひく鰓を憎む、年輪より蘇った白堊の城は朽ちた鋼鉄に接吻し、跪く筆のさきへ湿疹を募らせる、

29

顎鬚のある酪農地帯、薄められた果汁の海をあやつり人形の腕が横ぎる、蜜蠟の粘りけに轢き殺されてしまう、落葉松の梢をわたるフィドル弾き、

30 鏡の裏がわでつまづく熊の肥大した数式を願う、

31 きれた睡眠の弦をたどってひと番の蜘蛛が恒星の放つ飽和した死亡記事を舐めさすっている、その宇宙にあって巨大な釣竿を鳩の雛の嘴へと慎重に垂らすのだ、

32 まさか冷凍された電磁波を張ったリュートをかき鳴らす乳母へ、その手が絞めるであろう頸をさしださずして偽りの物語は終末を迎えられるはずがない、

33 風呂桶に咲く睡蓮の薄紅いろの花を脾臓と火山とが貪っているまばゆい屏風絵、

34

マーマレードの空き壜に棲まう陽炎を飼い馴らした週刊誌の群れ、

35

鋼索線にからまっている複数の幻想譚を繙いて炭化した磔刑をふたたび核融合炉へと誘導するためのマグネシウムを燃やした、

36

すずやかな庭園の中央に聳える暗号解読器を幽閉するために鄙びた低気圧をその両側から襲わせて、

37

そして隠蔽されつづけた北部から素數個の踝をひきずりだし、棘ののびた爪さきには砕かれた黒曜石が朝を滞らせている、

38

風紋、干あがった湖の底にアコーディオンを沈める、はなびらがやわらかく彎曲する机のうえで、

39

追憶と消息のさなか、雪か、霙の亡霊に乳房を齧りとられてしまう、あとには一羽の鴨の焦げた眼が嗚咽を洩らすのみ、

40

ひとのいない酩酊した豹の跫ばかりが呼応する頭痛、凍っている堕胎した瀧、まるで胡桃の殻を愛でる蝶のようにおさまりの悪そうな安楽椅子、

41

椿を滅ぼすだろう腫瘍、海獣らの惑溺でもある、

42 懶い午后の残忍な頬嚢にあらゆる絶滅を挿し潤びた沈黙が擦り傷に媚びる、

43 枯草熱に啄まれた画家の雨粒を聴き、滲む声にいささかの郷愁もさえぎられることはない、

44 夕まぐれの月蝕に鶏冠を逆だて睡鱶の溜め息を覆う艶やかな靄は瞬きをくりかえす蜃気楼
への義憤に蒼褪めていた、

45 曹達水の向こうに俤を捜して、金絲雀の恋、巻貝が舌をうごめかせる磯の火、コバルトの
絶命が描かれている三角旗に、

46 レコード盤が廻転している水浸しの書庫の、翅を捥がれた水棲昆虫たちが外骨骼を搖すって交信していた、

47 あいさつの襞に挟まれたアクリル樹脂製の噓が狐の吐いた煙にとりまかれて壊死してしまっている、

48 砂嵐をはらんだ松燈が鯨油を閃かせ胸郭にしまわれた毒人参に虹彩を注ぐ、

49 瞼の捲れあがった馬の貌が青銅の車輪のしたに彫りこまれてある、

50

それは胆汁の呪いなどではない、侵襲した水銀の結晶がやがて崩壊していく過程を記録したものにすぎない、

51

羽搏くのはなにも蜜柑だけではない、枯死した蟷螂の褐色の腹がいくつもの縫い針に貫かれていた、

52

北極星の墜落する方角へ、咎めるものもなく昏く蔑みながらそれは永劫の悪夢に沈潜していくのだ、

53

しなだれかかる皺の光、ラベンダーに穿たれた觸手を採集するのは濃灰色の便器、それはまた赤く彩色された犬のための蛇口でもある、

54
摩滅したプリズムを透過するであろうカシオペアの曲線をめぐって逆行する無秩序が金平糖の角のひとつにひしめいている、

55
まさか驕慢な忘却に悩まされている蘇鐵の樹皮を剝いで平坦な前立腺からの便りを暗室へともちだすことの愚かさに嘆きはしまい、

56
地下と調和、その獰猛な稟性をあやまって側溝から釣りあげてしまうまでは、

57
蒸散する催眠術の眼のなかの炭酸水素ナトリウム、眼にいれても痛くはない発泡スチロール、そうしてまた竹簡と鉄筋コンクリートの林立している丘の肩胛骨など、罠に嵌まった牙のない猪のやわらかな頸もとの毛がはてしなく充血している、

58

絲車に巻きとられた旋律が煙管のさきから溢れでていた、勘違いしてはならないのはその
位置から眺められるものが絲杉では決してないということだ、

59

子午線を瞶めつづけるうちに数世紀も昔に記された楽譜に縫いとめられていた氷塊が蒼い
光線だけを放射していることに気づいてしまうだろう、クロタルの乾いた音があたりを浮
游している、鼓笛隊らが遠くの河口を彷徨っている、

60

コンピュータの受像機に映しだされた半島の舳さきには女の首が突き刺されてあるだろう、
それが石炭の流出である、

61
茴香の背景をわたる鷲たちの冠羽をそそけだたせて狼の皮を食む、

62
束の間よぎっていく文字の陰翳を摑みとることもできずにたたずむのみである、

63
雪原を越えていくものらの幾重にもつつまれていた爛熟を放棄して彗星の航跡に唾を垂らす夜更けの火事に頬を濡らす、

64
鯨蝨の帆、首吊り人形の融けた耳、日時計の群舞は棚曳いて、

65
九つの廃墟、門扉をひろげ指骨の鋭利なさきをなだめ、羊歯の呼気が充満していくその有

機体のひそやかな律動を病むことの、

66
喬木の脱落をしって駈けだしていった野衾は膨脹する臍をとどめきれずにおさえる爪を鉋のへりに枕をおいて、

67
蛹にくるまった河豚、角膜を落として呼ぶ母の胎を凝らせて、訝るものは畳む翼をさいなんでいる、

68
菱を播く、甘茶蔓のつたないいいわけに飯事を遅らせて蕩けた翁の軸を握り、半透明な削り滓に雲を凌いで朽ちる澤蟹の樹にも、

69
子種のない楊子魚、白鷺の頭上をはるばる描いて鳴りやまぬ松葉、濁流の虎落の襤褸に褰れた鼻を鏤めてあり、蛾の痘痕面に蹴りを漉く、

70
蕪の蔕、縹渺の祠をおとなう危懼に具える真珠の股座を飾り、とは囁きかわす舌すら失ってのちの茅葺、

71
道化師の法螺をあがいて綴じもせず琥珀の畔をただ漫ろ歩く、

72
鼈甲に回教徒たちの譫言を塗りつけて噤む喇叭水仙の艶を欠いた羞じらいに額にうちつけた鏨をみたび顎門に起こす、

73

廓にも小綬鶏のつぶやくのをとめられはせず滴はかたまり胡乱にも滂沱と波濤の涅槃をうらやむ悴んだ纏足、

74

髪を背負った鯉を逃がし薫風に戯れる稚児の擦れた薄衣に刺す針もなく、

75

塡められない記憶に凍え、むなしく風車のまわる街へのびる径、砂利を蔽う鯱の仔を斑に染める曇り硝子がやけにまぶしく、

76

猿を粧した螺鈿の薄いいちまいをことさら壽ぐこともなしにあわい糞を踏む、

77

蔦の繁った蝮の塒にはなだらかな墳墓を象った鉱山がその腋をひらき衰えた蜩の脆い翅を破きつづけていたがついには手紙を黙読することは適わず朗らかに痙攣することをひたすらに鬻ぐ、

78

鼓のたいらかな膚にうつろう潰瘍を笞を尖らせて摘み、酔いを醒ますくちの減らない粟粒まみれの瓢箪を浮かべて西へと急ぐ、

79

蒟蒻薯の遠吠えを聴き、猥らに零れる葛籠をおろし柳の椐にまぎれて羽化をまつ雨の宵に朱塗りの器がひとりでに嗤う、

80

古井戸から紮げられた朧げな馬酔木がひと櫛、筋の表れでた熊笹の葉のうえにおかれてあ

るらしい、なにごとも疑ってかかることが肝要である、

81

いかなる償いも緘黙症のまえにあって茹であがった蛸か蛯のようにして割れたくちを踊らせているのだ、火箸を投げいれて固く脹れた疣を潰してみる、

82

肺魚を焼べる海貓の、砂嘴に蔓延る梅花藻も巨視的に睨みつければフラクタル、

83

栴檀の杢を悶えさせその肚を敲く、三和土に抛りだされた砂糖黍の束が風化してしまうまえにめずらかな茸類を偲ぶ、

84

ささやかに暴発していた、金環蝕を耳から提げ牡丹の煌煌と耀う燈に灼ける寂寞を覆せば

いい、

85 黝い河馬、籐をあざなって汗で湿った帽子を編む、わりに小器用な指づかいである、そのうえときに噛みつきもする、厄介でもある、

86 刃を研いで去りゆくものの繭をきりわけ裁たれた錦の曼荼羅を燕飾りの翻る綱にかけて礫を浚うのも雑作なく、

87 李の巣箱をのぞくと、産毛を生やした嬰児が柿の樹から吊るされたままの姿で丸まっていた、

88

蒲公英を盗む肥えた羚羊がいっとき嶮しい峡谷のつぶらかな苫屋に口吻を挿しいれ貨物列車のすぎていく後景の音楽に瞼を裏がえしていた、

89

剣めく雉の斑いりの若芽を摘むものも踞んだ體軀に藁をかけ茣蓙に氷下魚の狡猾な頭のない身をならべている、

90

禿げた巖には鰐のしろい背鰭がきらめいていた、冬籠りを終えた暁闇に薄荷の茎を支えにしては蹠の棘などを海星の乾いた殻に植えつけて、

91

慕情のころを啼かせる煤は扇をひろげ鬩を養い、槍を構えて漏れでる湧き水にも柄杓をさしだし竈馬を逐いかけ赤い実のなる、

92

アンモナイトをめぐる高速道路を走りぬけて点滴を啜る温いくちびるに栞を挿む、

93

ふらついて蜻蛉の腹を捥ぐ男の背後から蠑螈の重たい睡魔を圧して、金箔の敷きつめられた唐傘を屠る平屋に建具をはこぶのも、雨曝しの糠床にオリーヴの苗が綿衣を纏って汽水域をたちまち轟かせる霧の音をちぎれた線路に鋏を棄てておく、

94

斜視を縊り羽根箒の黒いプラスティックの柄を容易く手折る花薗のこと、軒が壁にかかった絹織物をかどわかす日の翳った夜警、

95

碧玉を襲うのは疲れた磁気を帯びた片腕だけのトルソー、粘菌の繁殖しているモザイクに稲妻を囀る、

96

拳銃をその砲台に擡げて駿馬の脛に凭れる、

97

鬼の閲する写本に五色の湯を涌かし、病葉をかこむ轍をすべって培養する七角形、おおかな廻転木馬を唆し、埋もれたアルゴンの墓碑を刮ぐ、

98

アルカディア、もしくはヘスペリデスの彫刻具、露台から紐をさげて尼僧の髷を漁る稚貝の骨牌遊び、

99

水錆のかかった艀に催し、埃にまみれた金縁眼鏡がくりかえす、またしても違う、なにもかもが違う、明日の肖像画をかけかえるだけの猫もなく、

metamusik

なにもはじまらないことを希っていた、それとは裏腹に敷きつめられた無数のタイルからは原初の、なにごとかのなりたちが捏造されているかのようだった、たちあがってくるものらの熱っぽい気配に弄ばれるようにしてたったいま麒麟が翔ていくのにもかかわらず、悪意に満ちた重圧に土煙が湧きのぼっていくのだった、震動する汚穢に躙りよるように羅漢果の乾いた果肉がくち笛を真似て、しずかに仄昏く霞んでいく、鰓蓋を絶えず開閉しながらそれは上昇することを頑なに拒んでいた、寧ろなにを懼れて蜷局を巻いた森へと蕩けた脚をのばすのだろうか、まぼろしばかりに頼るのも憚られたのだから、懐中時計を輝かせて樹海の濃密な気息にときには横転してしまいもするのだった、靄もやがてはあかるんで部屋の隅をも照らすだろう、音が遅れて忍びよってくるのにも気づかずに兎のよわい舌をひきずりだす遊びに興じてしまった、鐘がならないことには濁流に鼓舞されて視神経を遮断して頻りに翅を顫わせることしかできないでいた、誰も朝焼けを信じてまつものはなく、しだいに悴んでいく時間に憎悪を滲ませて、搏動だけがあたりに響きわたる水脈のすべてであった、そうしたときにも崇高さを失わずに昂揚することも可能なのだろう樹氷にてのひらをあてて、その暖かさに鳴禽類の騒ぎたてる影が銀箔のうえをすべっていった、それはまったく轟音を隠蔽しながら進む巨船団にも似ているようだったし、なにを歌うのかもわからない怪鳥が上空で螺旋を描きながら絶命しているようでもあった、それははたしてほんとうだろうか、歌はまやかしを喚びよせるばかりであったし、誘きだされた影はその悉くがしらんだ雨雲か水黽か、枯れた竹林を狒々の嬌声がどよめいて化かされたような心地であった、反芻する暇もなく蟬の脱け殻が夥しい黄ばんだ糸を吐きだしていたのはなにかをみあやまったのではなく、網膜が胆礬の結晶に傷つけられて焦げてしまっていたからなのだった、それにしても嘘をならべて海峡をわたっていった庭木の群生が日傘をさして火山帯へと踏みいっていくのを眺めるだけなのにはいくらか我慢ならない、いささかも鈴の音も胡蝶蘭の首の落ちる音も、鬼火に燃やされてしまう年代記の爆ぜるさざめきも流れてはこないのだが、とはいえ剝落した雪があたりを浸潤していくうちに、ぼんやりと暈を冠った胡猻の発情が、煉瓦壁にはりついた潮溜まりの畔に蟠ってしまっていて、埋めたはずの疼痛に膝をかかえて嗤うよりないのはどうにも心許なく、侵犯されていく領野を駈けて筵に寝転がってみるのもまた楽しげであった、

なにか、砂滑のようなしろくてぼんやりしたものに憑かれているような気がして、わかりやすく幽霊らしいたたずまいをするでもなく、滲んだ鏡像が裏がえった声を囃したてる、すべらかな表面から溢れてくるこまかな幾多の泡粒が逼ってくるようで蜘蛛の巣のように生い繁った甘藻かなにかの水草がその貌を蔽っているようにもみえた、ゆらめいてそれらの輪郭がしだいに崩れていくのにまかせて茫洋としたなりを自在に転がして、多肉植物の艶やかでところどころにほそい棘のある表皮に捕らえられもす

るのだったが、やがてはそれに呑みこまれてしまうので薄暮の露地を彷徨う熱気球が零れた寒天状の器官を燻らしてはさっていった、糸蜻蛉の繊細な腹部からは酸化して黒い錆の浮いた銀製の匙が数本吊りさげられていて、狸の陰嚢のようになにかにかきならされてすずしげな音いろをあたりに響かせていたりもしたが、それは恐らく錯覚なので眼帯を巻きつけた物理学者の剝製のわきを雄の箆鹿のおおきな体が鈍重な影をひきずってよぎっていった、南斗六星の凹みに溜まった狼の涎を浴びて陽光を照りかえす巨軀に月齢がきらめいて、数える歳を忘れた寡婦の翳った頬にも蟻は攀じる、座礁した老いた僧侶の纏う衣を水飴まみれにしたのは誰か、なまえをくちにするたびにそれが毀れた柳葉魚の鰭をおもわせる、七日鮫のおだやかな睡りをさえぎって貪るものに歯型を残し、嚙みちぎった脹脛に駅頭にたった痣のつぶらな瞳を認めるだろう、それは鯱か一角か、公孫樹の乾いた落ち葉を踏みしめて、綴じた傷に移植する肥大した肝臓を姉羽鶴の風切羽が棚曳かせ、鱗粉ばかりが舞う湿原に破けた鰾が灼け爛れた隕石のように山毛欅林を燃やしつくした、極夜をあとにして廃れた教会に地を匍う獣の亡骸が仰臥していたある暦からあぶれた日に、鸛の群れが臍の緒を垂らして杣の家をめがけて墜落するはずだった、ゆるやかな傾斜地の枯れた蘩蔞の繻子のうえを傴僂のなげた麦藁がささくれだった嘴に搦めとられて豚の餌にもなりはしまい、鴇の孫がベニヤの壁に釘でうちつけられているのをしるとき遠く霧笛が禿げ山に暈やけてかすれるままに消えいるのをただ睨めつけるしかなかったのに覚束なくなって穴めいた穴から裸の鼠をかきだして蚯蚓のようなその尾を鉈で断ちきっていったのはなにも餓えつづけた腹のたしにしようとしてのことではなかったしましてや鬼子孑の薄皮いちまいではこの寒さを凌ぐことなど到底できやしないのだ、

なにに酔っていたのはわからないが、あしどりを縺れさせた儒艮の幼獣が、それは雛などではなく、蔦にかこまれた楽園での閨事のふらつきであり、淡い橙いろをした錆ついた錠剤がそのからだへとにわかに解けていくとき、やがて浅瀬をただよう麝香鳳蝶がすり減った牙に嚙みちぎられながら、金星の映りこんだ波に攫われてしまうのだったが、ほそい藁稭のように、不躾に挿しはさまれた彼らの口吻から漏れでた唾液に

よって跡形もなく溶かされるだろう、水平線にかき消されてしまった外洋に浮かぶちいさな島の燈台のあかりが翻る翅のおもてをかすめ、地下室でひっそりと飼われている腐敗した姑獲鳥のために萎れた触角を猥りにさしだしていた、湿った風に嬲られる茱萸の睾丸を捧げて鎮めた眼裏に、また蠶蛾が囚われている、紙の呼吸を写しとり、葉脈のうちを潜って現れでる、貌を水琴窟で覆った葡萄が熱せられた飛石のうえを歩んできたのだった、薄膜を残して裁断されることになる種子が滴を溜めた蘚苔類のまるまった腕のさきへと咳を洩らし、それを啄みにおとずれた盲目の老爺の筋ばった指に悪罵は飛び散って、掘りかえされた陸亀の凍った首が懸命に瞼をおしあげようと眼窩に巣喰う午睡を逃がしているのがみえる、たくさんの嘴の金剛石を鏤めたへりをめぐって松脂が滴り落ち、堆く朽ち葉のかさなった頤に兎蝙蝠の袖がかぶさっていた、呻き声をあげ、すべらかな膚をはしる肺には虹が胡桃を弾いて、蹀が喘ぐのは涸れた井戸の底に酔芙蓉のはなびらがつもるばかりだからか、喉を絞めつけるのはなにも釣り糸だけだとはかぎらないのだと繊い漿液を零し、聾唖の石垣の隙を縫って山椒魚のやわらかな尾を生やしていた、望遠鏡をのぞいていた星屑の群れが饅鰻に喰い荒らされている、それもまた鬣に点された幻影だった、水に濡れて光沢を失った背には一羽の黄頭高麗鶯が停まっていたかもしれない、薬品庫のステンレス製の棚にしまわれたその澄明な囀りは、屍蠟によって表情をうつろわせる砂礫の粒の衰えた角をあまやかし、蠅を捕らえ損ねた湿地帯に根をのばした草の鋭敏な棘を嘲って、しまいには嶮しい崖のうえに建てられた牢獄の四隅の望楼のひとつから身を投げてしまうのだが、たとえば巨大な禿鷲の兇悪な鉤爪が一瞬のうちに摑んで飛びさっていったとしてもそれを目撃するものはいないだろう、それほどには鄙びた土地であることを誰もが認識していたのに違いないし、いったん陽の光を浴びてしまった脆い頭蓋骨を埋めもどすことなどそもそも不可能なのだから、

なににせよこのように惨たらしいあつかいに慣れてしまったものにとっては、竈にはいった数本の罅を補修する技術などもちあわせてはいないのだし、ひしゃげた顎にかかった飛蝗の後肢を野良猫が爪さきで弄くっているような長閑さでもあって、まして

睡りたくなるほどの虚偽をかさねた風景写真に映りこんでしまったその陰翳を水銀燈のしたでたしかめることすらできないというのに、霧をかぶった箱庭の松の枝の曲がりかたから鼬の毛の生えかたを咎める姥もいたのだった、そりかえった腕に果物籠を提げて石造りの寺院の境内をひとしれず横ぎった女の貌は、蜥蜴か蠑螈かはわからないが幾何学模様の刺青を施されていたので、きっと洋梨も干し柿も蒸散してしまうだろう、銭の泡にふくまれていた燐鉱石のこまかな破片が突き刺さっていた、左耳を捥がれて西に問い、手桶に汲まれた甘茶には瑠璃鶲のちいさな砂嚢が沈んでいるはずだった、白樺にかこまれた瀞に流れこんだ笹舟は、しなやかな薄い瀧の爆発がもたらしたものだが、崩れた蔵におさめられた碑には軽飛行機の設計図が刻まれていて、それは風葬の波紋が描きいれた最後の手紙でもあった、いまでもうっすらとたどることのできるその線をなぞって蜂蜜のささやきを聴いてみたい、雛罌粟が咲きほこる賽の河原に幽霊海鞘の車輪をおいて逃げてきた、懐には盗んだ夢海鼠の寝言を忍ばせて、笄蛭の神託でさえ瓢箪の黒ずんだ臓に隠してきた、それは靴紐のようによくのびてひとの話をよく喰らわず、瘤牛の頸にさがった舌をならして地下隧道をめぐってみたい、ひらたい硝子の花瓶に活けられて壺靫葛が雨宿りをしていて、針槐の葉が眦をこすって竹筒へと落ちる、蝶番のはずれた鎧を纏って極光にむかってあわせた花蟷螂のてのひらがはらりと燃えていったのは約束をまもらなかったから、雪にまぎれて檀の樹皮を噛み、瞑想するのも晴れの日にかぎる、毀れた鍵の散らばった沼に額づいてゆかしい釘の頭に腰骨をよせ、山梔子の香りをうつした便箋に蕪菁の汁を垂らし、蠍の心臓あたりの火星が緑いろに輝く翼をおり畳んで叢から月桂樹が脈搏つのをまっている、そういう檻褸に描かれた豹の眼を捩って金槌が蝌蚪のそばへとつめよるのを黙って眺めているのはいささか退屈ではあったが鎮静剤があやすのを椿油が赦さなかった、つまりは河豚毒の遅い跫に嗤いが洩れてしまうのもせんないことと譲りあい執拗に耳飾りをひっぱって花盛りの発條秤ではある、などとは合点がいかない、

なにも起こりはしない、そうして曇り空がただただ茫漠とひろがるだけのつまらない矩形の部屋の中央におかれた、熟してあまい芳香をただよわせている桃の果実と潰え

てしまった微熱とが、ある座標上に抛りなげられた灰いろのプリズムを透過してきた幾筋もの淡い光線に射ぬかれてきわめて緩慢に恐ろしくゆっくりと冷えていくのだったが、腐りかけの果物にひきよせられて闖入してきた数疋の愚かな羽虫らがやかましく翅を顫わせる音だけが満ちていくのにまかせていた、廃道を走ってやってきた干涸びた龍の腥い吐息になでられて鱗の逆だつのがわかったが、ひとつひとつの鱗片はしばらくして毛へと変質してしまうだろう、それが進化のあらましであった、いまになっておもえばそんな瑣事に拘泥するのも不本意ではあったが、流れに逆らうことのできない憐れな偶像が木綿糸を断ちきられて腐葉土に蔽われた秘密基地での溺死に胸をはずませるのみだった、縹渺とくりのべられてしまっては単純な運動への衰弱した期待も破棄されてしまうだけなので、どうにかして盛りあがった土に杙をうつべきなのだが多くの矮小な雌雄を養う湿って膚へとはりついてくるかのようなその空間を倒立させるためにはなにが必要なのかがわからなかった、そう、なにもわかるはずもないのにもかかわらず芯のない空洞の幹の内側を通過して諦観に怯えるそぶりだけをみせる酸味のある葛湯に触れるたびに枝わかれした複数の脊椎がたやすく壊されていってしまうのはどこか肝心な依代を欠いた蕎麦殻のつまった土嚢に似ていた、菌類の繁栄が仄あかるい転覆の兆しに泳ぐ胞子の着床するべき時刻をあやまって錯綜することによるのだとしていったい許多の影を敲いて自滅させていく慣習がなんの役にたつというのだろうか、そのようにそれはそれらが風化してしまうのを未然に避けようと努めるためのあえかな澪標であるとはおもいもしなかったのだが数は無限に分裂をくりかえし鏡のなかの破れた鏡であることを目論んで懐かしい焰の踊る劈頭へと剃刀の刃を挿しいれるのだった、雪融けの季節にはじまる樏兎の羽化が停止した人工衛星のきらめく複眼から観察されるとき、晩夏の夕暮れの線路跡に降りたった薄羽蜉蝣の残像が消滅しはじめる、そういう虚言をいくらでもならべられることの幸福を嚙み締めるようにしていろ褪せた書物の布製の表紙をそっと閉じる、箔押しされた読めない文字が瞼の裏側に爪をたてていつまでも消えることなく残ってしまっていた、

（　Tehi) llim

　片肢の勇魚に　木靴を
　　　　履かせなさい
　　　　　その音は　きわめて微小で
純真なパルスを
　　感知するだろう　朝顔の薄紅の
　　　　はなびら【YHWY】
なにも魚影を逐うものは‥透明な
　　　　　くちびるにかこまれているのではなく

肺を潰すようにして
とても繊細である——

蟄居郷
それについて　語ることを
許されない
ものらは送電線の西に　たちつくして
白銀の鱗片のふちで
鼻腔にたちこめる
葉脈の結晶に歌をうたう　つまり、
——(霓蝶波)、——
鰭のあるもの、

蹄を喰らうもの、
やわらかい鬣のうわ顎を穿ち
変光星への
恋慕にふるえる鍾乳石
浅葱に萌える、などと
絶命していた
その頭痛の神であるとか
後退する中枢の
輪郭をうしなって
たえず　胎動する
ある原初における
孤独な地質学のことどもを
破水しているさまを眺める

詳らかな筋繊維が
まさか
葦の繁みから鉤爪をのばして
湿地帯での
膣に拘泥する貯水槽、

幼い竪琴には
耳のなかの水滴をしらせ

そうしてもかまわないのかもしれない
幻覚ばかりが
秋なのだから

篆刻された鴨の触媒を　懼れ
象牙を蝕んだ
ビスマス鉱に巣喰う

パンノニアの黴　騒がしい湯垢
纏められて寒さに腫れあがる
防腐処理を施された
臓器をあつく包んだ鉛を擲っていた

これからは聯禱について
（占星術を懐古するもの
のみ）泡
記されるであろう
大陸へと放流された杯に
印刷機から溯ってのち
たわむ祭壇の翼状針と
夢のおもてを嬲り　筆の鞘では
カトゥルスを拒む石鹼もない

霧を砕き
そうした過程にあっては
静謐で
さながら禁欲的でもある
疱疹や豆粒を費やす
安寧などをこきまぜて
ささやかな舊びた漁場を燃やし
ほどけた汗へ飲ませる
松脂を融いた峡湾の義手、
迷妄するか昏倒するか
離れている
または
夜光雲を伐つ手紙

音の残像の終焉を
予測するかのように侵略し、その消息を
あてもなく
釣り糸のさきへぶらさげて
鵯らの嘴に抉られている
ペイズリーの脱け殻
水蒸気の撒かれた
夜更けの舗装路に蹲って
有機水銀の冷たい膚に
そっと舐められている
斑いりの鳩の雛と
空咳にまじった野葡萄の汁を
山羊の革袋に満たして
孵化した
蜉蝣

黄鮟鱇を履かせた
沖巨頭
枯れた風船が
樅の髭にからまっていた
燐寸をすったあとの
臭いに霞んだ墓

飛行艇から落とされた
萬華鏡をのぞきこむ
赤毛の貂は、踊る
ヴァニラのむこうを横ぎって
精霊とマリンバ——

苔に蔽われた鉄橋を融かしていた　あまやかな睡りが
「陽ざしを叱りつけ」
楢や椎の尖った実を揺する
落魄の時季に
禿びた面相筆に集る蝨の
醜い皺だらけの貌を
荷馬車の破れた幌へとさしいれた
鰐供養
古新聞の燃え滓がつたえる
英雄譚を
訝っては棄てていた
謎のある遠景
それは奴隷たちの聲だろうか

浅ましさばかりが際だった、
粘りけのある旋律だと
耳殻へ忍びいっては
夕闇の涯へと駈けていった
にわかに神聖な灝気に鎖されて
迷路へと
爛れていく
とまどいと
脆弱な紫煙
冬苺の繊い茎が
罅のはいった煉瓦に
そって
しずかにその腕をのばすのは
狼座の喉もとを貫く
鋭い竹槍に

淡く憧れを抱いていた
からであったか、

鳥たちの地平に
おさまって
ゆるやかに
気配を殺戮させるもの
湿潤な
炎症にくちを燻されて
攪拌された蛮族らの舌が
郵便函の
凍える抵抗に奪われる
塩の花が薬を溢れかえらせ
雪まじりの荒廃に

勤しんでいる
毀れたラジオ‥
そのアンテナ、
爆ぜる真桑瓜
あらゆる嘘の描かれた絵葉書
それから割れた香水壜、

Chaconne pour violoncelle seul

ヨカナーンの首を抱いた女が、あるいは男かもしれないが、その蒼褪めたくちびるに自身のそれをよせようとするとき――指板上におかれた二本の指が近接した音を（それは連星ではないが）擦奏させるだろう、限りなくひきのばされていくそれはやがて互いを包含しあうことになるふたつの球形をどこかしら想起させるのだ――、ふと閉じた瞼の横にはしる皺を数えてしまう、昏い照明がその首を浮かびあがらせて――右手の指のいくつかが縺れたように弦を弾く――血糊のついた膚がやけにあざやかに、そして不気味に、それが柘榴ではないことをあらためて認識させる――ふたたび馬の尾がしなやかに駈けていく、あるひとつの音を、そうでなければそれ以上の音を、叮嚀に、あくびを誘う音――、柱廊をしずかに歩いていく一角獣かオリックスが一頭、その蹄が大理石の床を敲く乾いた音が砂塵の舞う温暖な土地を螢のように貫いて——ゆっくりと上昇していくglissando、緩慢な時代の橄欖の実を舌で転がすように、突如として左手の指が主体的になにものかを避けるようにして跳躍する、右腕は忙しない移動を余儀なくされて——〈それは笙が翼を羽搏かせているのではない、円形劇場の中央の舞台にとり残されたコペルニクスの汗ばんだ表情を見よ〉——つまらない旋律の安易な引用、そして中断を挾んだあとの痙攣発作と弛緩する四肢、背景輻射の冷たい抵抗——、茫洋とした湖面を掠める鳥たちの明朗な歌が聴こえたりもするのだろうか、それとも——左指が弾くのは三つめのフリージア——絹雲のありふれた喘ぎ——、いや、そうではなく、ドリアン……「地平線の」……——、聖堂の凍えた凝灰巖を嬲る乳房——大きく揺すられる香爐から溢れる曲線を模倣した祈禱文の斉唱、子音の多い言語がしだいに耳孔を蔽っていく——、古都からはいまではもう決して訪れることのできない山の全景を臨むことができるが、塩の吹く大地には——熱量を奪われ停止へといたる使い古されたある一音の絶命（sul tasto）——花らしい花すら咲くことはない——ゆるやかな弧を描くようにしてやわらかなはなびらの表面を辿る指の腹——、河原鳩の糞が多孔質の壁面をけざやかに彩りつかのまの春に擬態するのだが、歴史に埋もれるわけでもない荒廃した街の赤らんだ頬をいっそういたぶる――ぎこちない arpeggio、そうでなければなめらかなそれがしだいに上昇し（sul ponticello）、しまいには巓を越えてしまう――、いつか演じられていたありきたりな物語の断片が不躾な風に煽られてまたしてもかりそめの平安を装うのだろうか――やがて緒止板へと辿りついてしまったとしてもやむことがない――、色情狂の月の唐突な濫入によって均質な波紋はその形を紊れさせ喉の奥に獰猛な眼球をつまらせてしまう――ふたたび左指の叛逆によって右腕を疲弊させてしまうだろう――、粘液を滴らせたそれ、その混濁した瞳――駒を垂直に擦奏する――、角膜を破って零れでるのは鉛を含んだ劣悪なインクと羽根ペン――弦と交わる弓を左右にではなく上へむかって匍わせる――、古びてところどころ穴のあいた羊皮紙にしたためられてあった故事を改竄するのはこうも容易く――そしてきわめて大仰に弾かれる右端の弦――、

Credo in US、または〈道化師の勝利〉

（覆された宝石）のやうな朝
何人か戸口にて誰かとさゝやく
それは神の生誕の日——、

寝台に抛げられたラジオからはいくつもの他愛もない旋律などではなく、鬘を冠った背の高い男の声ばかりが流れてくるのだった、ヴィオール属のならす繊細な演説でもなく、むしろそれがひとのそれだとは断言できはしないものの、

ふくよかであたたかな実りの歌が、ひきちぎられたあとの、

血まみれの紙幣の味、

秋分点までに
どこへ彷徨いはじめたのか

夕陽、目のまえを覆いつくす金色の砂煙に気をとられて、コヨーテのやわらかくふくらんだ尾に、水銀燈のまばゆい光りが宿っていることにすら、惑わされることもなく、彼らの歩みがどこへむかおうとも、目隠しをされ、それともまっ昏な闇のなかをさすらっていては、破線上をたどろうとするquadrilleの、あやうくおぼつかない脚どりに、わたしたちもつられて仲をもつれさせ、どこ

かにたつ避雷針を求めて、ぶらさがる子宮の影を射貫く、

天使にも盲腸はある
蝙蝠の翼を生やした投票箱が磯鵯の雛を匿っているよ——、

もうすでにして Adagio が必要だ、

仆れた雲を曳き、傾いた角笛にいっぴきの岩魚を挿す夜更け、とはいわず、吊り橋のしたに冷えた竪琴などをおき、鉛の流失に悴む便りをいつ飛ばそうか、あれもまた波濤の木黯い静脈を透かして、思慕もない寒寒しい要塞の涯て、犀の幼獣の福音も枯れ、さらには果てて、碑銘をくちぐちに燻らし、旧い甃の街道に寝そべると、渇きをごまかすためにアナナスの花苞を掬り、

ある冬、
庭で、繡眼児のひしゃげた屍骸を見つける
猫に襲われたのか、
それともただ寿命がつきただけなのか

割礼された（去勢された）花札——角の落ちた鹿が浮きあがっている——の蔭で、リコーダーとリュートの二重奏を聴いていた
それは pastorale、しかし自転車の前輪に踏み潰された雨蛙が、あざやかな黄緑いろのからだを顫わせている、半透明の、卵いろの脚をのばした、息も絶えだえの、あわれな蛙の姿だけが、
畦道にひたすら滲んでいった

多島海へいく、北極圏から流れついた半魚人の群れが額にはりついている、海豚の背にまたがって痴女はいく、Liepāja の海浜公園で、まぼろしの船が碇泊しているのを見ている、昔、烏賊の巣が網の目状に発達した土地で、象牙の鐘が四方の山をとりかこんでいた、絹雲が鮑の紐に囚われて、海底から中世の一般的な女性を象った石膏像をひきあげる、飛行物体がつぎつぎ喰い散らかされている場所で、盗賊鷗の眼光が鴉の羽根を威嚇していた、海には空き罐やビニール袋の断片が鵲の棲む宮殿までの地図を描いている、衛星放送の電波をとらえた脊椎に、修道女がかぶっていたヴェールがひっかかっている、

あまい
玉蜀黍畠が空の裏側までつづいている
滴ってくる深海の臍が
やわらかな香草の苗のきわで

季節を養っている

ふたり、
糸をたぐりよせるしぐさ、
聾啞者の咳ばらい、
そこでの稲妻、
何本も煙突がたつ海ぞいの街を訪れた彼ら、ふたり、むきだしのコンクリート壁にこまかな梵字は刻みこまれ、迦陵頻とは樹蔭で沐浴する鳥のこと、氷毒とはさらに睡りを妨げるもの、
カタコンベへの旅路、

Es war Blut, es war,
was du vergossen, Herr.

Es glänzte.

Wir haben getrunken, Herr.
Das Blut und das Bild, das im Blut war, Herr.

後景に磔られたものの杖のない声を聴こうとは、老いぼれて垂れさがった乳房のしたに柘榴や胡桃の乾いた実を掘りかえすのに似て、溶けた石鹸にふたまたにわかれた舌を浸し、発作のあとにくりかえしくずれた豆腐で瞼を洗った、瑠璃の樹に架けられた複数の絵画にはひらたく伸された宗教家の凹凸のない複製が描かれてある、描かれてあることを忘れて惑星蝕に鉤十字をぶらさげた未明の膨張にも盈ち虧けはあり、伯耆のとがりに緑閃石の擬態はあった、

わたしはそれを飲みません、
それは銅です、

陵のとなり、
馬らの会話を聴いている
しかし瀧は酸漿に囚われた時計である
うしろから鬼のいない四阿がせまってきている
啼兎のにおいが親密そうに、
熔鉱炉へと飛びこむ

奇巖は、

竿のさきに涙をつるし、
受像機になじむ

燕尾服に縫いつけられた赤い飲料水の看板、
祝祭日、
いかないほうがいい
蔕から天秤と鍵、
あしたには竹藪の隅に竈がみつかる
食虫植物の心搏数を損なう
葱がきらいなひと

Bete, Herr.
Wir sind nah.

異国の古い歌謡曲が流されている部屋、彼らはそれを踏みつけながらレタスに齧りつく、たったいま、砂糖漬けの戦火を注ぎ、紙皿に鰻の稚魚を揃えてならべ、背骨のないものから淫らに培養させている、虎の棲む箱庭で、あなたの循環する吐息を削除しようとしている、造花の鷲がくちにはいってきて、カムイミンタラ、そこには白ロシア人の俤に濡れたいちまいの座蒲団が幽閉されている、そこに舟はないと宣言した、

そこへきて、わたしはなにもしらなかったと証言する、硝子質の細胞から発達する〈微炭酸銀河〉に乗って、入植者たちがみな茘枝や莽吉柿ばかりを食べているわけではないだろうが、からだじゅうに有刺鉄線を巻きつけられている、たえずおびただしい輻射熱にあざむかれ、あらがうこともかなわぬまま、素粒子が透過していく錯覚に滅ぼされかけている、

その後、
故地には鉄道が敷かれないまま
荒れはてた神経だけが、
火口だった
すがりつくものもなく
小糠雨は耳垢を痺れさせ、
砲弾にも水をやる
ちぎれた古文書、
in girum imus nocte et consumimur igni、
海からの塩には羽根がない

まるで、麻酔薬農園での甥のようにはしゃいで、溢れる泥のなかから信仰を漁

り、最終氷期、嗄れた演説を書きとめるためのペンもなく、淡蒼球、スピカの
異名を萎れた貌に写しとられたものの、ついには減退しつつ燃えるラジオも声
を荒げ、靴職人にはもうもどれない、

火酒裁判の日、
兄の遺骸をひきとった義肢、

春分点には
わたしたちは同心円を信ず、

夜会服
夜会服

夜会服
夜会服
夜会服
面白くない

＊ジョン・ケージ作曲《Credo in US》、ならびにアルヴォ・ペルト作曲《Credo》にならって引用した詩篇については、あえて明記しないでおく。わたしたちは、すでに書かれたものを、限られた範囲内で変奏することしかできないのだから。

ビニール傘と地下鉄のいない手紙

バロック様式の、砂の、植物のなかにひらいた光り
（羊歯の繭）、
和紙に印字された学名を唱える、するとcaramelは自由に旋回し、
駱駝の睫にからまっている

冬の終わりのある朝、紅茶を飲んでいたあなたは、庭で、巣材をくわえて飛びまわってい
る二羽の四十雀をみている、冬から秋、秋から夏へとときほぐされていく硯の池に溜まっ

た罠に翼を食まれている、

あかい文字、弦のきれたチェロ、なにも録音されていないテープ、裏がえされた瞼に
映じるとしたらそうした類の霞艸、鱷も愛宕もいるガリラヤに目を繊め、鋭敏なにほんの
指を、
やましくも、cult、ある晩、山に蚯蚓ほどの紐を垂らし、
椿象などのくきやかな汗をしる
たとえば折檻のとどかないものも（風鈴）に、氷ぜめに鐚銭の味も滲みはじめる
はしためだとは甕棺墓など、温帯にのぞんでエアロゾルはないし
ならびそこねた垣根に、ほんとうに、先祖霊蹴りはたのしい、収容所のそばには蜜罐のお
もいのほかしらじらとした頰髯が、わりにながながと紅炎をひきずる
鍼と仏具は革靴のゴム底にひっついて離れることもない
あまびえ、
梅水晶の流れつく濱にはただ、聖地においつけないプロペラ機の相貌が浮かんでいる

その頃、鍛冶屋の夜啼きをおもう
（Mercure への広告とワーグナー・チューバの花トいが散る）、
蹈鞴をさびしそうに飛び跳ねていた
湖畔にて、
からみあった匂いを嗅ぐものの鞘をなだめる背である
ひしゃげた薬莢を雌牛のいる庭に播く、菟葵の群棲にもときには茎のひとがいる
それを蜙とよびならわし、黒繻子の谿へととどけることには、流鏑馬
夢のアルカロイド
雲のなかにたちあがる〈神秘的な障壁〉を、
金柑のちいさな瞳は爆ぜるのだった
うつぶせに消えていったものを捜す日々、aufgang、ともだちのいない
車椅子はどこへいった

内斜視のひと、おだやかに乳化していく鶏糞をかかえ、レンズの内部に穀物の意志を味わいつくしたこと、斑模様の腐った瓢箪の蔓はさらに愛おしく右耳をついばんで、人工羚羊、Vieuxtemps がふくんだ極小な時間の泡を湊え、

泉、
たとえば不眠症の亡霊のためのアリアであるとか、
水母のいる水槽にゆるやかな流れをつくることはできないか
遠吠え、
おもえば、点描画を眺めていた夏の樹に、虫の神経叢がたかっていたのは
しろくまの頭骨にチューリップを活けていた五月、
冷えびえとした腋のしたに薬生薑の薄紅にいろづいた根もとがやけにけざやかで、
からまわりする鳳仙花、
花薄荷、としたためられた小姓どもの髪結いあそびにさしだす手頸、

遡ること、釉にひと総のブルセラ、よだれかけを苗床に水疱瘡の煮崩れた種が
よりかかっている沼袋のみぎわ、
雨後の蛹は未明に朽ちる

鉄骨を弔う
脳漿に浮かぶ島での情事にくらべれば、やはり
乾燥は避けられない、寒くもなく、ただただくつろぐ海驢を瞶めてくらした翌る龍骨突起、
なにか唐突なあえぎのひしめきに囚われ、長三和音の絶滅にはせた
午前零時の軋轢、
薄明のただなかを剝離しようとして拒まれ、
砂丘からのびてきた薔薇雲母の影に虹彩を蝕まれた
灰いろの鯉が波をつくり、わたしは
あまくにがい非公式の書物の階に首を載せながら、息苦しく募っていく皮脂の
眼前をとりまき、滞っていく雪の午に、荒れた山野を駈ける一頭の

一角獣をみた、

そのあともふたたび幻影にあらがうこともなく、あなたは薄くひかれたレースのカーテンのあいまからさしこむ繊い陽の光りに誑かされるようにして、冷たくなった紅茶と枯れかかった園芸用のちいさな *Opuntia* 属の鉢植えを凍えさせてしまうだろう、

水蒸気がたちあがっている
弛緩しきった部屋の埃を砂糖菓子のべとつく表面に棲まわせて、
いつまでもいつまでも廻転している貯水槽のなかの
あざやかな溺死体の髪、
指紋からは、白檀香の煤けた頁をうつろって
歩いていく電磁波がひきちぎられ、蜃気楼を吐きだす
舌をだした女、

毬藻を頬のうらがわでいたぶりつつ
伝染していく巨人、憤怒のために成層圏への航路に融けていった紫がかった枕木、
咳きこんで、気管支に塵紙がまとわりついているのだ、
霜にふちどられた蒿苣の肖像、
そればかりは銀粉をふりかけただけ

(郵便的)、それ以外の犬たち

Guillaume、(古い街の唄……)、
雲の冬籠りについて語るものらの、涼やかな横貌——、
きらびやかなつたない旋律に顫わせる
細胞核がくち遊む、街角にたつ眼鏡屋のひと
かうもり男爵、
さらに貘浚いは愉しい

亜寒帯のおおきな公園にゴム長靴が植わっている、土踏まずには粗い黒胡椒の
潰れたつぶがふたつ身をよせている、Chiquilin de bachin（花売りのひと）の
飛ぶマスク、寒そうな酸素のひと、

水浸しの羊飼い衛星たちをふちどるように
リコーダーを吹きならす、アルゴンキン語族の狼が、
彼らの寝床に敷かれた珪酸塩の脚鰭を波うたせ
Ophelia、水銀の娘、
胡桃を抱いている（白鳥かもしれない）、

架空言語の
速記文字で書かれた
恋文に、牝の天球儀をさずける

正午のタシキネジア、
Argol の眼を標として

隼らしきひと、蚊捕り線香のちいさな火を頼って、銀のフォークを燃やそうとする、ひと頻り叫ぶのには顎が疲れた、——はたして叫ぶだけだったのか、あなたに宛てて、わたしはなにを書いたのか……、バルトークの夜、レコード盤からはずれたオポッサムの冷たい生態よ、カリブーよ、巨大な穴に墜ち、濃藍いろの Pietà を読み逃してしまう、

夜尿症を患っていた、赤い火の球にとりかこまれていた幼年期のある一日が、いまから裏がえりはじめている、くずれだした筆跡が指にからみついて、ぬけた髪のように滲み、また翳んでいく有刺鉄線に鼻母音を届けている、どうか翅のある精霊よ、吐息にまじった Pianola Phantom よ、と呼びかける死火山のお

おらかな膚に額をすりつけていたい、

水道管のうえの鼠花火、
Βαρθολομαίος 状の蜷局を巻いた飛行機雲は麻縄を浮かべたい
朝の物干し竿から露草をさげる

都会の鳥たちの色彩は存外に旋法的で、またその様式にもひどくはぐらかされ
てしまっているようだった、図鑑を片手に風切羽を蒐めて歩いた日曜日、濠端
の文具店で拡大鏡を購い、いろ硝子のペン尖を翡翠の頭にさす、

風呂桶へとそそぐ川、
黄鶺鴒はしきりに、コンクリートブロックに尾羽をたたきつけている

公園のそばに建つ
駅前から移転された交番に、
やけに曖昧な
輪入道の翳と、それから欄干に凭れかかった
白木蓮、

郵便函にProtoavisの塒をしつらえる、幼獣が暖める無精卵から虹いろの雛も
孵る、いかにも翼竜らの巣の化石のレプリカを眺めやりにきたひとの背を踏み
つけにして、エリンギに托卵されている、曙の方角に総排出腔をむけ、燃える
七竈の煙をすいこんでいる、

いっぽんの白樺が戦ぐ
あの涯て、そのさらに向こうには、
自閉的な thunder machine、
しろい雑音にまぎれてうち砕かれてしまっていた
だから覚醒しない満ち潮に蔽い隠されてしまった時代の傷痕が、牡丹雪の生え
かけの翼に宿りはじめていることを知る
哲学者の濃い眉に退かれた難破船を曳きあげ、ランドルト環の
きらめく内部に潜む鉄鎚を抛げる

いかにもあわれに
見えそうな、首を絶たれた龜、そうでなければ大甕から溢れる血漿をうけ、蒼
穹雨となって陰唇より垂らされる魚座の紺碧を、しかもいくらでも覆そうと色
盲は針のさきに黒真珠を移植している、
無風、

さえわたる地下都市の外気に圧され、
南島の池より蘇った竹の、あるいは葦の笛をふく
亡霊にはからだがなかった

蒼い秋のころ、不眠に悩まされていた隣人は、睡りをもたらす室内楽を、銀紙につつんで枕辺に忍ばせた、(毀れたオルゴオルのように響くアリア)、雉鳩が二羽、窓硝子にむかって会釈している、金いろの夢のなかで藤蔓に縛られた女がひとり、その赫くばかりの眼窩に嵌められたヒヤシンスの球根からは、まっしろな根が、まるで蛭や蚯蚓のようにうごめいている、記述する欲求にまかせて滑らせていく手から墨壺は落ち――、

万霊節、
昨日(稚蟹)の屍骸、というよりも、

時間の影に靄がかかっていく
それそのものの界面に、球体の意思をむけようとする
ひとりでに萎びていった
遙かな落葉松の旅路、

薄くひかれた鉛筆の線が、路線バスがむかっていく六角形の水槽のほうへとつづいていくのだが、わたしは隔離されたそのなかで、布袋葵や山椒藻などの根や葉を透かして、帯か柱かのようにおりてくる陽の光りを浴びている、一羽の黄芭旦が、冠羽をひろげ、灰藍色の嘴で蕃茘枝の実を器用にくわえて、窓枠をつたって歩いていくのが見え、いや、それは鯆の卵かもしれない、

ひまわりが揺れるそばで乾燥機が
まわっている、いつまでも乾かないひとびとの未熟児、

水平線に吊るして、火曜日、
フレスコ（anamorphose）みたいな
映画が聴かれている

石油のなかの水脈、
藐く、深海魚らが声をまぶしたがった、その
たどっていったさきに泡をふくもの、
隠されたまま、ひらききった雑記帖のクリームいろの表面を
落ちていった異邦人らしき、匂いのつよい
atmosphères を零す
ゆたかな葉たち、花たち
滴るカモミールの花蜜を髪にふくませて、
揮発性のたかい脂鰭のある日々、
沈んだ島へかけられた梯子を登っていく

乳液にふくまれていた気泡のなかに、剝がれた爪が二枚、匿われている、空気にいたぶられることのないまま、窒素原子をとりまいている獣の痕跡に、嗅覚を奪われた妊婦の、煉瓦のつまった胎が潰されてしまう、ヴァニラのあまったるいにおいが、ふつふつと茹だっていく有限個のブドウ球菌やら肺炎桿菌やらからただよってくるが、湖底におかれた一個の苹果を顫えさせているのは、水飴にとりこまれた一匹の霞を喰らう蝌である、

川、混濁した
きまじめな、淡い、縹いろの貌をした
姫女苑、猴たち
ちぎれた金箔が裸の街路樹の枝にかかっている
まばゆく眼を炙る、燃える体毛を

よわよわしい燈籠の火袋へ
と、抛げ
しだいに熔けていく紙の部屋、
水の家

Sept Papillons

Αντιόχεια、
Αρκαδία への旅路、埋もれてゆく
わたしたちの肉体を捜す、灰いろに翳った
叢雲のしたに葡萄の樹を植える
鼬のやわらかな毛皮を抱いて河をわたり
そののち、崩れた墓標をみつけ
ひと房の髪のたばをそなえ

静寂を装う蝶、ではなく……／おもえばいつから冬の睡りに憧れつづけてきたのだろうか、たとえば沸騰する水の、鍋や薬罐のそこからたちのぼる気泡のなかで、つかのまの、偽りの生を購おうと踠がいていた遠い日々、とすると、いかにも安易な夢想だろうか、舞いあがる硝子屑が気管を傷めつけ、水蛇の首が生えだす、水菜のそよぎ、それでは単調にすぎる、と、湿った襞に舌をはわせ、とも書かれはしまい、幾度も幾度も書かれては消されていった曖昧な光景の、夕陽に照らされた山なみが一瞬ののちに黯く沈んでいき、時計の針が震えるたびに霙や雪が降ってくる、舟唄が聴こえてきそうだ、荒れはてた田野にたち籠める水銀燈の、あるいは誘蛾燈の、さめざめとした蒼い靄にまぎれて、冬眠する虫たちの、氷結した池の底で眼球を濁らせる鯉や鮒の、声にならない声が顫動している、遙か昔に湧きだしたのらしい熔岩が冷えてかたまってできたのだという奇巌が、あちらこちらにたっている地形を、声はさまよう、いや、聴こえるはずもない通信衛星からの遭難信号に、鯨たちはいっせいに頭を擡げる蝶の死骸で埋めつくされたしろい部屋、で……／雪のうえにおかれた右耳に、硝子細工のように精緻で、やわらかな膚ざわりの音が訪ねてくる、まるで花器へと墜ちていった雨燕の、あわい白墨のような匂いに惑わされたかのように、さながら、口吻をのばしきった星蜂雀や蝦殻天蛾の肥った胴が、斬り棄てられた拇のようにさわさわとなりつづけているからか、泡をふき、竹箒に誘われて、苦い茎にうちつけられた海流の霊魂は、植物学のヴォカリーズを聴いている、聴いていない、逆さまにかけられた肖像画には夜の成層圏に響きわたるトロンボーンの表皮が、薄いいちまいの大きな痣のような布地になってただよっているのが描かれている、ヴィシュヌの横貌が透けて見えてくるが、裸子植物らの扇のようにひらいた葉に幾重にも隠されてしまっているので、ここからは蒼じろい光の翳となって角膜にはりついているのみである、とはいえここには空白を満たすだけの絹織もなく、縹渺と樹氷が延びひろがっていくだけなので、湿り気をおびた繊細な榠樝のはなびらの端から漏れてくる一滴の溲に溶けていくものおもう壁に塗りこめられた蝶……／トラペジウム、方角を探りあてようとする指がきらめく鈴鏡をいじくっている、なにか、鷂乞いでもするような、抽象的な教会へと鰓の名残りの紫陽花をひらかせるものの禮拝する姿が、半透明な鶏冠のある鳴嚢に鎖されている、夢の腹腔に鳥たちの残骸をつめ、アコーディオンの繊くながい頸の森に惑う伝書鳩の群れをひきずって歩く、フェルドマンの眼鏡と識って、盲の修道女などが駈けよってくる鎮痛剤はひそめいて、ときどきあなたがたが去勢するのを忘れてしまう羽蟻の城に迷いこみ、地平線に擬態した二匹のカメレオンの粘ついた舌にからめとられてしまっている、粉砂糖味の海の斜めうえをユング風の飛行船が揺蕩うのにまかせて若鷺のまぼろしの翼を捥ぐのも愉しい、飽和する獣の蛹もぶらさがり、埋められた蓮池に波紋がひろがるとしたら、漂着した空壜に白孔雀の片脚が刺さっているからだろうか、煮え湯に観念的な村落の風景が浮かびあがり、さびれた気象台に寝相の悪い観賞魚の痩せた猩紅熱から枯れかかった瞽女が生え揃って、それを夔牛と白す痛みに翅を顫わせる蝶、または……／裏木戸にはもはや糸瓜の蔓が巻きついて、黄いろい花をいくつもしがみつかせている、糸がほどけて崩れた古い本に挿まれてあった栞がわりの柊の葉に卵を産みつけたのは電話がなりつづけていたので、流星痕がほのじろい象牙質の霧笛を響かせながら、エナメル質の冷たい半月を薄衣で覆い隠すものもあれば、傍目にも陶磁器の花瓶などには季節のうつりかわりを縫いつけてあるのが見えもする、鯖雲だとか、羊雲だとか、刷毛でやわらかくおかれていったような芍薬の花の重たげなそぶりもどこか睡そうに映り、だれも裸足では沼地にはいかないし、食虫植物の鉢植が籐を編んだ麒麟か羚羊のおきものわきにひっそりとある、それらのくちびるが赤かったのか、それとも黒かったのか、薄緑いろに淡く発光していたのかどうかといったことはことのほか重要ではなかったが、ようするにアルビノ個体のまっしろな鴉の濃い桃いろに赫くふうにも見える眼をふちどる皺のきらめきに、夜ごと失明しつつパラフィンの湖に寝転がっていたことをもいまさらかき消そうと躍起になる黝い蝶のかたちをした痣、それから……／冷ました湯のなかでゆっくりと葉をひろげていく、ほとんど黒にちかい緑いろの瞼はアルフォンソのもの、霜にふちどられた裸の肺にひとつずつカドミウムの結晶をつめていく、大量の藹けた海雀がおさめられた海豹の脹れた幼獣に鋸をいれ、アンモナイトの殻を掘りかえそうとしている、それは空井戸だろうか、いずれ乾燥するだろう湿地帯に朱い嘴をつきたてた浄瑠璃を歩かせている寡婦と、握りしめられたひとつの書物と叫び、または偽名を剝がし終えることもなく、書かれそうでも書かれなさそうでもない、ある曜日と曜日のあいだに沈みこんだ臓器の輪郭にだけ、踏み潰されて凍える果肉から漏れでた、日録に疵をあたえる注射針のような痰を、貯水池の畔に建つ惑星にはだれも、黄金の、そうでなければ紫いろの仮面をかぶった女が、ひとりでに鳴りはじめ、響きわたり、そしてやんでしまうらしい鼓動の、薄い皮の表面を流れおちようとする幻燈機から抛げやられた、破れた肉声、倒れる欅、崖のしたからひきあげられた頭のない強盗犯、鉄塔はあとじさり桃の果汁に濡れる蝶、最後に……／溺れる午に異教徒が唱えるものの名を写しとったくちからは、電報にも記されてはいない亡命者たちの頭髪と虹彩のいろとがカタログからきりとられ、そのひとたちにとっての事件や楽園はバターナイフによって攪拌されてしまっている、泡だっていく脂の艶やかな瞬間にそって黒酸塊を養い、矮小な瞑想を、つまりはゆるやかな階段に付随する機関についてのやわらかで未発達な海綿体に、空虚で粗暴な知識のみによって醱酵させた骨組織を移植する不毛な手つきを難詰し、草原を駈ける謎にも視線をかぶせようとしている、たとえば瘤牛や驢馬の朽ちて砂に埋もれかかった屍骸をまたぎ、枯れ草の繁みに棄ておかれた乳呑み児にスクリーンをかけ、くりかえし放たれつづける映像のむこうからポンパドゥールの毛髪が彼らの鬟の隙間から防波堤だけが延びていて、刺青を施された夢に乗りこんで、砂嘴の先端からインキを垂らしたように浮かぶいくつもの島まで、分裂していく文字を頼ってふたたびの冬眠に備える、そのどれもが裏がえされるたびにひき攣るのに堪えながらさらに涙滴のなかに隠された蝶……／消去されれば稗をまき、銀蜻蜓の光合成をうながすひとびと、たてかけられた葭簀の蔭に沈んだ北極星の肉筆にも咬みついて、硼砂の隠滅をこころみる、湿ったままの木綿の襁褓のうえでふやかされていく解剖学者の唾液のなかを泳ぐサラバンドであれば、軒さきに吊るされた脳下垂体を模写する余暇も滲ませられるだろう、どれも海鞘の殻のそとへと流れていくオパールをまねてひき離されていく、炭素繊維の樹に咲く誰のものかもわからない花、乳房でできたチェロを弾くひとの影をつまんではカンパノロジーとも讃えられ、水琴窟へと鯱の仔を探しにいく旅をへて、レポン、もしくはレゴンは幾許かの渇きにも耐え、魚卵の簇がりはポインセチアの根元から蘇り、埴破と筏葛のうわすべりに爆ぜ、半地下からのぞいて見える巨頭の窓には梵字らしき翳りもあって、無花果に曇り、波羅蜜にはしゃいで遠からしくふるまう、雛罌粟を茹で、和薄荷をあまやかし、水黽臭のする空中庭園に鵟や薑をおろし、やがて雩や旱に竽をふくひとの鼓に紐を通せば柿渋いろの夜景めぐり

Hanakoganei Counterpoint、もしくは〈群（ancien – ambiant）島〉成仏 remix A version

雨傘のことについて、
いつかタイタンへ旅行にいって
熱風につつまれた村のこと
それから巨大な怪鳥のこととかを
どこかに書いた
潮に濡らされた砂のなかから
愛がうまれる
枯れた芒も靡いている

死海では溺れた
指紋が浮かんでいた
それを読みとろうとして、

図書館には
牡蠣の剝製が睡っていた
みずいろの自転車の鍵のにおいがする
たくさんの土鈴はふき荒れて
産卵場所を探しているようだった
L'été 風のそよかぜ、
あるいは忘却の河

古代の海龜の化石がみつかる

彼岸花よりも奇妙で
複雑な飛行機雲のたなびくほうへ
くちぶえを戦がせている
鯨の群れを先導し
蘚のミイラは翅をただして
音よりもなお、
ゆたかにくつろぐ姿態をうつす
なかば星辰譜とも
やさしく果てて

とあって、《冬の旅》からのびて
くる光、吐息、銀いろの
鳥たちの瞳もくるめく、熱い循環も、
あった、いや、なかった、霜

つづいていく、写本の頁に、駱駝の瘤のがらくた
ならんでいる（さえぎられてもいる）
ひそめられた雪のこえと、常緑樹の翳が、ときおり羽搏いていくほうへ、鎌や
鍬を担いだひとと、眦に苗木をよせ、豚小屋には乾いた
あなたの鼻がひりひり
凍っているかもしれない、
それはフルコトブミ詣でに梨をなげる
塩の叔父やアコーディオンの舟のはなし、鶴の夢
逆さまの枕が首を喰うはなし、月下美人のつぼみを掬ぐ猫の
音も、ほんとうは鮫膚を焼ききれずに
いたということ、
苦悩のためか、おもたげな頭から
鑿や鏨は歎いているよ

（駿府のほうの抹茶）

つめたい痣の蔭で
ガス管が指をつめていた
さなか、いろのない煙に蔽われて
マグネシウムは畦道を
綿菓子にまたがって消える
この夏の燕の飛行曲線（象牙海岸に横たわって眺めていた）には
（尖端部分から放出されるもの、マントルには）、
（なまえがない）萎んだ空虚に
こだまする笛の脚鰭、
毬藻の群生にまぎれて栄螺の貝殻をひろった

傍点のそばにたつ貍、
沓を履き、忘れて星の耀きはじめるのをまった
鈷の、と書いて茫洋と蒼くひろがる
季節のすきまに櫛をさし
ひらきかかった百合に襲われて
薄く、浅い井戸の二重の網戸をひく宵、
またしても釣瓶が哀しげに
父を呼んだ、

球体のなかの鏡には
Правда が、つまりはとうめいな湖の
なだらかな腐敗に拘禁されているものらの、錆びた部屋や液化した庭、それも
夜霧の薄膜につつまれて、睡鼠の舞う映写機の裏をめぐっている、そしてわた
しは雨後の海域で、銀杏の密告を、金柑の証言を聞いたのだ、そばに建つふた

なりの観測所に寝泊まりをして、蒿鴉のさえずりに猫の耳は敏く、こまかな染みの泛んだ白紙の毳の多い表面をすべるまなざしも溢れ、贋の紙幣が泡で満たされた単調な空間を浸蝕していく、
この退屈な、
不毛な地平を埋めつくす
星型の
無数の手紙

軍港をとりかこむ
腐った褐藻類の腥いにおい
翼をはやした霊魂のような姿をした軟骨魚類の一種
これはあまりしられていないことだが
南極星というものはないらしい
だからそこはAsyla、閉鎖された

あした、

スミロドン（ヴェルサイユ）の亡霊たち
マストドンの影たち
かれらの俤、
たがいに歯を指ししめし、
破砕する牙
手術台のうえで
麻酔をかけられたチェロの残像が、
感光紙に転写されていく瞬間
その心理
藪睨みの暇でも
鴨跖艸は唾をため、
ながく燈籠の火にふれて

雨がやむのを待った

あの歌のことはしらない
軒さきからつたい落ちてくる尿、
うしろめたくなる
鐘楼のわきを泳ぐ藍文魚
王水には百日紅の枝が活けられてあって
八朔の袋には螢
蚊帳や寒蟬の朧げな
消えいりそうな湯気をつかむ
やがて乾きかかったインクを舐め、
文字の剝片が刺さった舌は
唱われるはずだった歌や
語られるはずだった物語を忘れ

いまや蜜蜂の翅音をまねて
あるいはあなたの頸筋を
辿るのだったか、

豚小屋はブリザードに見舞われて――〈群（ancien - ambiant）島〉成仏 remix B version――

種苗法、

それもふくよかな、修行僧の風貌に似たなだらかな鼻翼のうえ、天蓋のした、
食用蛙の養殖には成功していたようだが、嵐のあとの忘れられた、溜め池にも
霜の名残りが騒ぎたち、業務用冷凍庫のなかには幾億ものマスクメロンが睡っ

ている、

はたしてかれらは孤独なのか、氷原にたつかれらのあからんだ頬や鼻頭はやがて、烏賊墨をまぶしたように、箔打紙に染みこんだ夏の憶いでを、嗅ぎとる、

紅い果肉のピタヤやにおいやかな白桃、ライチやマンゴスチンの実がならべられているテーブルには、青い旗が翻っていて、しろいシーツにも尨犬の粗相をしたあとがひろがっているかもしれないのだが、その横貌には刺青が、狼の髭の、数学記号の、さびしさをまぎらわせ、幻聴を書きとめるためのあなたが、緊縛されていることをしっているし、それだけではなく見えないはずの、工業地帯の夜景が、とてもあざやかだ、

どうせ、曖昧なあじが陽炎の輪郭を、もちろんそこまでは求めないけれども、流行歌に耳を塞がれていたい、惑星蝕の日に、または雨傘をさして歩く径へも、ジャカランダの、見たこともない花が咲いていていて、とかれらは、くちぐちに述懐するだろう、黒く塗り潰された資料をよく鯨油に浸し、そういうことなのだ、またしても、つねに、ここに、このようにして印字される、それ、

文字、そこだけをぬきだしてみれば躁病的な、奇怪な信仰が妨げられているのか、いったいどのような、それほど光は激しくはなく、誘蛾燈におびきよせられて天牛は、ベガを漁る、

Bagatelles

Krzysztof、と呼ぶ声だけが聴こえ
湖の底に沈んだラジオのことを考えている
畔にまでせまった白樺林からは
乳呑み児の泣く声、いや
片眼をなくした鹿の背骨が軋んでいるからなのか、
さまざまな雑音にかき消された声明文

不在の、透明な宇宙船、あるいは潜水艇に乗りこむため
にはどうすればいいのか、盲目の魚たちのあいまを縫う
ようにして進む、光速のそれらの硬い表皮に爪をたてて
しがみつき、やがて巨大な氷の星にたどりつくのであろ
うそれら、古代の船乗りにならって体毛を剃り、頭から
象の膀胱をかぶって、水族館のプールに潜ってみようか

螢光燈に誘きよせられるのは
なにも蛾や甲虫の類だけではないらしい
飛び地の尖端に建つ収容所にも
眼のかわりに胡桃を嵌めた女が住んでいるはずだ
崖のうえから猫をなげる
新聞記事から梔子の花が咲いていていて

やがて書物ははばたくのをやめ、頁の隙間からその重みを落とし牝山羊の乳房が育つのを待つ、そのうち蹄や角も生えてくるだろう、西陽に炙られた横貌に葉脈が透けて見えそうだ、あらかた話すことに飽きた婢女らが如雨露を手に、庭の隅で燃えたっているヴィオールに点滴薬を降り注ごうとしている姿だけが光っているようなのだ

盗まれた指、
海岸線にそって、犀の
跫、いや、足跡が、それとも蹠に
ともされた陽炎や
あわくいろづきはじめた羊歯
その喘鳴、

喉の奥に隠れてしまった太陽を捕らえるための網を携えながら、を消去しつつ歩いていった彼ら、黄金の蝶番を錆びつかせる、それとも鼻さきをかすめていったおぼつかない電磁波か、空虚のなかを飛びかっている蚊のようなものの、舌の窪みに溜まった粘つく唾液に足をとられて溶けていく、いずれにしても酸っぱいにおいと味と音

すばるをそれぞれ、七つの
封筒にいれ、魚が泳ぐのを眺めていた
鱗のきらめきから波は生まれる
複数の音階が、月の航行をはばみ、やすらかな
砂のにおいにまぎれて
カスタネットを忘れてしまう

ホルマリン漬けにされた半獣神の睾丸があわく緑いろに
光っていて、赭黒い陰茎のレプリカの表面にはこまかな
雨つぶが附着し、それもまた蒼じろく発光しているよう
なのだが、薄昏い山羊座の方角から未成熟のオレンジが
抛げこまれるとき、睡眠薬を舌であまやかしていた彼ら
の指が幼気なそれらをいたぶり、たやすく潰してしまう

白鳥のながく優美な頸に
冥王星をくくりつけるための、麻紐
あまりていねいではない
壁紙を剝がす作業、シナモンのにおいが
染みついて、しかも冬の絵の
ときには跳ね橋も、

崩れかかったイコンに耳をすませ、瞳孔に指をさしいれ
ようとする釣りびとらの影がまるく乾いていく、傍らに
は濁った水晶を砕こうと、臼歯をうごめかせている駱駝
が一頭、村から村へと飛びまわる片栗もある、顫えるク
リオネの腎臓が撓んでいるみたいだ、湖岸にならんだ犬
橇にたくさんの繃帯を積みこんで山奥へと沈めてしまう

装身具をはずし、馭者座の肩のうえにおき、鎖骨から胸にかけてのゆるやかなふくらみに蜂蜜を垂らす、静かの海にユーカリの樹がたち、やわらかな風は梢を揺すっているが、兎たちの暖かそうな毛皮にはこまかな砂や塵がはいりこんでいて、透明な雨に濡れてしまえばまるで火山灰に降られ、かたまってしまった犬の像のようになる

日曜日から脱落していったもの
それそのもののミクロコスモスに濡れ
そぼち、爆ぜる乾果、
南国のかおりをとじこめた、赤褐色の見慣れない
斑模様の豊潤なあなたたち
だけの揺り籃に

真午のしろくぼやけた空に、ペガサス座を縫いつけてみたかったから、針穴に飛行機雲を通す、アリクイの長い舌やカンガルーの尾、鯨髭でもかまわない、魚雷も泳ぐ木綿の海を熱気球が横ぎっていく、大気圏にはなにかの消化器官が浮遊しているし、錘をつけた夢海鼠の一種にひきずられて、彼らの弱弱しい心音に耳をすませている

鼻濁音はθ、
まじわりの途中に蒼鳩の巣が
蛋白石のふちにならんで築かれて、ここは
ϕ、時計塔のしたにも冬、
とても暖かそうだ、石炭紀の地層から
静寂が吐きだされて

斬り落とされた椿の花が、いくつもいくつも漁港に流れ着いて、海坊主の耳や眼にも紙皿のような銀いろのやわらかな種子が、凍った鞄のファスナーにひっかかっている、ピアノ線に凭れることにかまけて、草地に歯痛の鬼子子が干涸らびてあるのにすら躓きかける、粉寒天に包まって竹竿のさきに島の子を身籠らせ、湿布薬を過ぎて

空咳ひとつ
眼軟骨に含ませる、染色体は
ころび、リトグラフに綴らせてみて
円筒形のこどもみたいだ
岸壁にはりついた方位磁針が泣きながら
汗は枯葉いろ

もはやなにかもわからなくなってしまっているモルフォや鶚は碧い光線を反射しているし、睡饕の寝息にからげられて黒い革の鏡のむこうで紫陽花から離れたカメラが飛びたつ、大鋸屑に埋もれた涼しい金魚鉢のふちには蟋蟀や邯鄲が何匹かとまっているが、眇の軍雞からすれば脚に耳をつけた蓏や蚕豆とさしてかわらないようである

落ちる薬莢、
その音が壁をつたってはいあがる
われた薬玉からは薄紫の、木通の実が
杣径に、ときどきは乳を垂れて
サイレンも洩れてくる
あかあかと鱒も花咲く鄙の川

蔦がからんだ鶉の翳には、鍋や薬罐などの金物が息を潜めているそうだが、竹笊の目に藁を通し、早生の霊芝がいくつか干されている、画鋲が刺さったゴム草履をつるし、塗装の剝げた鍬鏟に白髪葱を添える、ゆかしい釘の頭を揃え、簾をかこう鼈甲飴は融けかかり、それにしても胡椒が効きすぎているのか、瞳は紅葉しはじめている

瓊瓊杵とは
あからんだ雨傘を疑え
くちぶえは綿菓子みたいにあざやかで
たまには映像も乱れながら
はなやかに、歌謡曲も燃やす
春楡へ、Kumbhīra

Le Tombeau de Tombaugh – Autogynephilia Edit

わたしはあるとき、どこか感傷的な雰囲気に呑まれながら、おそらくは燕脂いろの表紙の点鬼簿をひらいて、象牙いろの薄い頁の表面にひかれた罫線の向こう側に、たしかこのように書きはじめたことを憶いだすだろう、冥王星の生誕にかかわった羆の親子が藪のなかを彷徨っているとき狩人は背負った矢筒を草叢に落とし、漏れでたあざやかな紅い血が水仙のしろいはなびらを濡らすのだった、と、それは卵いろの和紙のこまかな毳にからめとられた甘美な時間や追憶に洗いながされてしまっているばかりか、いたって均質な、縹渺とした空間に、どのような音も、声も、鼻をつく消毒液のにおいも、そしてあなたの体臭も、手にすることはできはしまい、と書きつけてしまいたくなる衝動も、きれいに霧散してしまったことを知っているし、さらにはまた、地底の王妃の冠にまでつたったそれはそのくちびるや頬を染め瞳をいっそう輝かせて「翼のある果実」が運んできた犬の首に陶酔してみせた、とつづいていったことも憶えていたはずなのだが、冬眠中にあなたが見た夢を、わたしは必死に書きつづろうとしていたのだったし、色彩の乏しい八朔の房につつまれた半透明な星座の繭を煮つめていただろう、循環する冬の光景を幻視しようと試みつづけていたことをも憶いだすのだろうし、やはり汚れや錆びが叮嚀に縁どっているいくつものドラム罐に護られて〈黒い騎士〉の裾の長い外套がはためいていることも、わたしは知っている、あなたの眼にはりついた何枚ものメモを、いまから読みあげては燃やしていく、特定されることのない深海の泥が幾重にも堆積した床に、海鞘や海鼠の類いに埋もれながら牛乳瓶がおそらくは三つか四つ、たっているのを見る、輪郭がぼやけて粘着質のなぜに喰らいつかれた彼らの皮膚にホエイは纏いつく、それは咒であり散骨であり、幽霊船を曳航する電話線でもある、冷たいアルマイトの瓶、藍藻類がその表面を覆いつくし、忙しなく呼気を溜めてもいる流線型の愛らしい器官から、か繊い棘が無数に生えているのではあったが、星型の海棲生物が渺漠とした砂州の涯てまで溺死しているのにあきれ、うちとそととを隔てるくちにも釣瓶はさげられてはいない、巖ばかりの浅い海の底に軟禁されているわたしの耳は、遠くちかく十一月の螺旋階段をかけあがる彼らの距離をはかる、その跫は古新聞のようにたたまれて、こまかな振動の波形のあわいに潜んだオレンジは、積まれた画集のうえにも、写真集のうえでもなく、蒼葉木菟の塒のへりで睡りこむ、枕木のある部屋を、雲母や黒曜石の破片が鏤められた風に鬣を靡かせて、黝い岬馬が一頭、砂の城を、塩の鐘楼を牽き、たくさんの貌のないいろとりどりの緑の水死体を乗せて翔けぬけていく、馬は紫いろの涎を垂らし、潰れた眼を輝かせている、萌葱いろの霜柱を踏みつけて歩く少女の声、海岸にうちよせた透明な羅独辞書、その日はたしかに風がつよく、羊歯植物や多肉植物などが植えられたプラスティック製の安物の鉢が、黄緑から深緑、緑青へとその色彩をゆるやかに推移させるような喫水線からのびた毛髪にからめとられていたし、鉛筆（えんぴつはいつもまぶしげで、目のまえを、無数の線状の、あるいは飛びかう紐らが残した痕跡が、それはおそらくは解体された書跡のものだが、蚊は撓んだ送電線をつたってそのからだをほどいている）も湖岸か河岸かの水際に咲いた擬宝珠とさして違わない、そして最後の三分間、わたしは夜空にみずいろの金魚を泳がせ、彼らは閉じることのない眼から無数の金平糖を溢れさせている、やがて緋鯉は礫をあてられ、ましろの車駕に飴湯の降る夏の陽盛りを憶いだす、窒息するのも性愛の裏がえしと句点をおしあて、流れる燐の軌跡を辿った朝だったか、さては碑文に尿袋を干すしぐさを探り、蝦蟹の蕩けた血や母衣を胞衣と呼びまちがえてくちを濯いでいた、百合を象った洋燈の火屋の影が壁から山脈にかけての遠近を図りそこねていたりもする、望遠鏡をのぞく少年か老爺が羽織ったセーターの網目には尨犬の吐息がひそめいて、枯れた夕霧がたちこめることもあった、幽かに嗅いだことのある兎唇の子の唾と焦げた麻のにおいをかこっている五月へと戻ろう、水栖はときどき経を読む、ヘッドフォンをしたままの心中はうまくはいかず、墓参りの帰りに牛蛙のいる畦道に喉を落としてしまう、避暑地には芭蕉の大ぶりの葉が覆いかぶさっていて、陸繋島にコピュラの干あがった乳脂がたわわに実る餌の島、いまでは鬼すらだれも懼れはしないようだが、眞魚が木をたたくのか、木が母を患うのか、戯曲の余白に治世を懐かしみ、これは嘘だが冷めかけたDarjeelingのほうのことばを話すそうで、いわく獺のなかまの噂談には金鎚のかもない、それにしてもおまえは書き換えてばかりなので厭気がさすし、カラザはまた鍋のほうをむいて含羞み、甕や群島の蔭に身を潜めてあくびを噛み殺していた、さびれた駅舎に惹かれて栗の樹がたちすくむあたりに井戸を掘り、さぞかし啓蒙的な、ライオンのいる檻のまえの誕生日には幌馬車を転ばせて、の発音に菜種油の滴り落ちる窓際の真空管ラヂオは、の発声は滞りなく鼻腔をくすぐり、の震えに気が狂れるさきぶれのはんぺんである、落日、わたしは、必ずしもつねにそうであるとは限らないが、多くの場合、ほとんどすべてのひとは、映像というきわめて暴力的な矢、それも鋭く尖った鏃には人語を真似るものの血を塗りこめてあり、そのとき溝川へ両腕をつっこみ、大きな鼈に指だとか鼻だとかを咬みちぎられたというような、貘のそれらしい長くのびた鼻面を左右にふり動かしている海松いろのまるいいきものが、いや、そうではなく、またしても地図をひろげるようにしてのばされた皺や襞などの湖面のかさなりに浸り、よわい燈りがちらちら点滅しているほうへ視線をむけるのだが、やはりそれは彼ら、つまりは銀幕に映しだされたどこかの国の貌だちのはっきりとした俳優が放っているのではなく、何枚もの薄膜を透過するたびに屈折をくりかえしてきた鳥や虫の啼く声だとはわかってはいて、けれどもわずかに滲んで溶けかけている劇伴のゆるやかに渦を巻きながらからみついていったさきには、ふたたび蛇行する川の流れがおおかたやんでしまったあたりに滞留している木片や枯れ草、空き罐やペットボトルなどのゴミに紛れて頭のないマネキン人形が右手をあげてたっていて、わたしはいまとても腰が痛いと感じているらしく、耳許でくすぶるそれらが次第に膨れあがっているのがわかったが、だからといってなす術もなくしずかに瞑目するか、あるいはてのひらで覆われた草地に寝転がって頬をくすぐる稲科植物の繊い剣のような葉にいつまでも嬲られていたい気持ちになってしまうので、むりにでも陽光をひき剝がし、幾条にも割けていく風切羽や尾羽、冠羽などがようやく降りはじめた冷たい雨に濡れて、工場跡地に棲みついた野良猫たちのなまあたたかい口腔にいたぶられるのを待っているのだが、視力はやがて衰えはじめ、飛蝗や蟷螂が乾燥して風化していくようすが角膜にはりついてしまっている、誰のものかはわからないが、たしかに聞き憶えのある声が、すでにして、当然のことながら、郷愁を誘うなにがしかの音声を飜譯することなく、あなたのあやうい夜明けまえのかろやかな咳を鎮めようとしていた、ねえ、とそれに呼びかけてはみたものの、まじめなふうを装って、神経症ぎみの惑星までの距離をさえぎってしまうのか、ここに鷲鳥の優美な羽根をもちいたペンをおき、滴るインキが導く涯てへとその魂をゆだねてみよう、ある定義を恃みに宙づりにされた楕円体を吞みこむケンタウルス族のように、雌牛はどこも狩りつくされてあたかも鼈甲は金星にでも灼きつくされたのか、またもや《神秘的な障壁》に阻まれて（わたしはそこで浮世絵を眺めていただけだった気がするのだが）何層もの輪郭が絹織物ごしに隠れつつある年の瀬に、湯垢がひたひたと砕けた鍵盤のうえを浸蝕しているのだそうだが、洟をたれて煉瓦造りの旧い橋をいったりきたりしながら熟して蕩けた柿の実を数えたあの日からわたしはいまも鴫の群れにまざって靄がかかった豺らの巣を襲いつづけているし、くちをおおきくひろげてクワオアーとあらたにしった（それは峡谷の名ではなく、地名でもない、氷や比丘尼の体液を噴きだしているところ）球形を、どこかのいつも数分遅れて鐘がなる時計塔の真鍮製の文字盤（この際、すべての金属が真鍮と代替可能なのだといってもいいし、舌下をめぐる枝葉状の神経や血管がとりこんでいく微細な時間の粒子にすり潰された陽物信仰の意義、豊穣と繁栄のための方便のかずかず）の裏に嵌めこまれたたくさんの歯車の中心に発見したので（教会まえの路面に散らばった薬莢のなかには夢や希望がいくらでもつまっている）、鏡像（*Εναντιοδρομία* とひとまずは記述してみることのできる夾雑物としてのそれ）から筐体へと深くしまわれていく可視光（もはや目視できるかできないか、といったことすら傍へと追いやられたあわれでみすぼらしい銃弾が残した流星痕のうちの数本）がしめした、絶叫する肉体を執拗にはたきつける空白の扉がたつ座標まで（故郷をなくして）うつろっていた、どこそこの丘陵から出土したという古代人の遺物であるらしいくびれのある壺の側面に描かれた作法に則り香油と髪束を地にそなえ、その昔、ひらべったい蒲団にくるまって読んだ劇画のいずれかの場面を憶いだし、いまでは倒壊してしまった家屋と納屋とをむすぶ飛び石が埋まった庭に火を放ちたい、わたしはあのとき怖じ気づいたのだ、なにを恐れたのだったか、もう憶いだすこともできないが、塗装が剝げてところどころ苔むした鳥居と石燈籠が左右にならぶ光景がふいに鱷の半開きのくちからたちあがり、いや、それもこれも数日まえにみたのだろう夢の引用であることもわたしにはしっかりとわかってはいるのだ、もうそれは二度とみることのかなわない、水没した邑、

十字架の蔭から鹿を覗いている男

雨はやわらかく靴を濡らすレモンイエローの樹液のように、ふたたび彼らやわたしたちのほうへとひたひたと浸潤しながら、いまはまた花粉のバプテズマをうけた郊外の街を覆っていた、雨傘は苹果の紅い果皮にも似ていつにもまして艶めいてはいるが、まだ冷たい模造大理石のタイルを嵌めこんだ総合病院のエントランスにさらに足、また足のなめらかな膚触りに涎やそのほかのあまやかな体液をこぼしている、ひとびとも虚ろな旅の中途にあって霞む山蔭を遠く見晴るかしている、名も知らぬ樹に甲虫の飴いろの光沢のある鞘翅がまるでコヨーテかピューマの眼のようにあなたの道程を瞶めているはずだ、丈の高い棕櫚が数本植えられた前庭をにぎわわせているのはじつはさまざまな羊歯のきれこみのある緑で、三階のテラスにうちあげられた漁船の側面に書かれた船名を隠すほどのいきおいを見せてその主張はいやに激しい、操舵席の前面と側面とを覆う硝子も慌ただしく寂れるか憐れむかをして、微細な罅よりも破片をこそ船体に突きたてていた、スクリューにはもはや鵜鶘か、それかより温暖な気候であれば紅雀が巣をつくっているし、卵や雛を狙って滑羅族のつぶらな瞳に風切羽が一本、湯浴みの日の落としものだとも、都会に逃げだした木菟の唾餘だとも、たんに蛮族の冠からぬきとられたものだともいわれ、砂が瞼を裏から脅かすかはぐらかすかして、それは曇天にひときわ輝くシリウスのレプリカなのだそう、白内障の少年が浜辺にうちあげられたピアノの黒鍵に触れ、たちまち潮風に嬲られつづけて錆びた弦から無数の聖霊が舞いたつ、彼らは砂地に埋もれた、ここからさらに北の地から流されてきた犬や猿の首に、それらが小麦粉や砂糖を捏ねてつくられたものだとしっていながら拝跪するのをやめなかった、なるほど眼球のおさまっているべき空洞には氷火山が聳えたち、まばゆく燃えるマグネシウムに彩られた磁気を帯びてささやかな海馬の周囲を公転しているふたつの腕白な馬鈴薯だ、太古の泡を封じこめた板ガラスで覆われた廊下は初春のよわよわしい陽射しを宿して、そこだけ孵卵器のなかの淡いマンゴーを実らせた四足獣のいる硬貨がしずかに顫動し、無際限に分裂をくりかえしているのだった、夢みる水と水の夢をみる夢とのゆるやかなまじわりにちいさな緑いろの守宮が訪れるのに気づいて、その艶やかな黒い瞳を潤わせようとする夢みる水もあったのか、平たくひろがる指のさきに刻まれたこまかな皺のあいだにもまた濡れた爪が刺さっている、公孫樹の若い葉が繁る並木道に沿って建つ駐輪場で、撲殺された兄とフランス国歌を聴いたことがあったが、深い裂け目のあるいつでも鼻を鳴らす扇型の葉が、あのうつり気な私信の蔭で枝毛の多い碧々とした髪を梳かしていてやけに草臥れたように映った、車輪はいつでも陽に曝されて薺や狗尾草などにいたぶられてもいたので、それは冷たい個室のささくれて湿った畳に隠れて青臭さのめだつ煙に煽られる河口に近い街の暮らしだともいうが、手をひかれてちいさな瑪瑙を呑まされたのは梅の香りに惑わされてのことだとか、蠶蛾のしろい節のある腹にまたもいろめきたって夜食の胡獱や鯑を嘔吐してのことだとか、いくつか籾殻に包まって鶵はかわいい、あなたが育った街のはずれに建つ教会からオルガンの演奏が遠く幽かに聴こえてくるけれども、たしか五分まえか、それとも八分まえか、あるいは三分後か、もしかしたら七分後だったかもしれないのだが、それまでずっと沸騰しつづけていた、風信子の球根が浮かび、水飴がきらきらとふる噴水、朽ちた葦と腐肉食の図書館が群がる噴水に、午后の薬壜に浸かった *Ara ararauna* の蕩けた嘴が乾燥ピタヤを運んでくる、経血いろのあざやかな赤紫の果肉に雑ざった南天の星空が、それは少しもきらびやかではないのにもかかわらず、喉の奥の開いたり閉じたりをくりかえす孤独をいたずらにひけらかすのはよくない、音飛びのするレコードを聴きながらあなたはアイスコーヒーを飲み、空虚な肺を膨らませようとする、とはいえ、肺とはほんらい微細な葡萄状の房のような組織で満たされた器官であり、絶えずいれ替わる血液によって充溢する荘厳さを奮っているのであって、たかだかグラスに一杯の、しかも氷で嵩増しされた飲料をもってしても、そのにこやかさは変わることがない、そう、それは廃墟、廃屋、廃寺、廃校、廃病院、廃駅、廃線、廃道、廃村、その他の濃い緑の廃棄物で埋めつくされた親指の側面を傷め、湧きたつ蒸気で火傷を負った敗残兵の貧相な体軀を眺めるとき、若き日に肺結核を患い洋書の紙とインクがすこし黴くさく匂っていたほそい鉛筆のような青年のまぶしげな横貌にこそあなたは欲情したのではなかったか、白貂の外套を纏ったあわれな鄙の男娼に、いまもあなたは恋い焦がれる虜囚でしかなかったはずではないか、その黴に冷たい蜜をつまらせているそれのいやに抹香臭いことといったら、とまた声のする方へと歩を運び、*Tapejara*、*Tupuxuara*、また *Anhanguera* のような太古の白鳥たち、つまりレダが川辺で巣づくりに励むはすかいで、地中海的なあらたな病原体、それもまたバルト海沿岸で採取された琥珀のなかから抽出された古代の悪魔が吸った血から分離された悪夢のなかの古書店の埃だらけの棚に並べられた大小さまざまないくつもの飴いろの壜のなかで培養されつづけているが、あなたの柔和な表情ややわらかな手の皺、白濁しはじめた瞳の周囲で輪になってわずかに発光しているのはもちろん **Azur** に染色されているからである、あなたはそれをていねいに発音するだろうか、仮称の父祖の地、さらに内奥へむかって複雑な地形がフラクタル状に配置された海域へ、洋橄欖と檸檬の馨しい村へさかだつ雲は水死人をうちよせる、彼の、白墨というよりは薄墨のように濃淡のこまやかな差異を同心円状にあえかにひろげていく精液がステンドグラスに飛び散って、空から犬が降ってきた、錨の花たばを抱えもった複数の彼が裏がえった陰唇の粘膜に融けだしたルテニウムが垂らす唾液を丸底フラスコに溜めている、数えきれないほどの、首環を嵌められていたり、手錠を嵌められた犬たちのすべてに名をあたえようとするそばから、地面に足の裏の肉球が触れるやいなや地平線の彼方へむけて一目散に走って逃げていくか、あるいはそのまま消えてしまうために、結局ただの一匹も名づけることができずに数分のうちにそのすべてが地に沁みこんでいってしまっていた、ほかに降りそうなものはといえば、蜂蜜や電飾をまとった雨合羽、ネオンのようにまぶしく輝く蝙蝠、過剰な装飾を施したフラクトゥール、絶縁体、電話線などがあげられるが、それぞれがそれぞれに重力に抗おうとするだけの質量と話題をもち、さらには禿頭で、正面から見るとやや右側にその先端が曲がっている鷲鼻がめだつ絶叫する司祭らの睾丸がいま、叢雲のもっともいろ濃く、ほとんど濃紺からわずかに紫がかっても見えるあたりから膨れあがってきたが、たしかに寒さはいくぶんやわらぎはしたものの、鍵孔のむこうからほのかに揮発性の、消毒液かなにかのにおいとともに侵入してくるので、その日、たしかにあなたはなにかを話そうとくちを開いて舌を動かそうとしたのに、口辺の筋肉が硬直するばかりでおもうままにならず、永遠の一歩手前で完全に静止してしまうのだ、あたかも砂でできた暦が陽の光りや風に曝されてその役目を一本の羽根ペンに譲ってしまったように、砂糖漬けの無花果がある深夜、狂人の、というべきか、半獣神の、というべきか、とにかく潰れた膀胱につまったその果肉から無数の蛆虫の屍骸が、わたしはそのとき月あかりに額を照らされたまま洗面台にたとうとする初老の右半身が麻痺した男を見たが、尿意とともにその身を浸していくのは臀部よりほころびはじめた一輪の蒼褪めた薔薇だ、しろいペンキが胃壁を塗りこめてしまうために痙攣するひと、背にはいつまでもきれた電球の影を映されていて、準惑星への航行をつねに中途で不可能にする、それにしてもくるみ割り人形の神秘的な側面についての、それは塗装が剝げかかった貌や服装についての考察などではなく、秘密主義的な、あるいは陰謀論に関する不毛で思慮に欠ける浮游物の混入、*Meganeura* 属の翅やその他、数千キロメートルにわたってつづく海底山脈の麓に睡る偏頭痛への旅程表をあなたは書いた、彼はいくども遷延する疼痛と、人工芝のうえでベロア調のアコーディオンの溜め息を転がして、小糠雨でさえ凌ぎようのない脆弱なオーロラが、より豊かであざやかな脚を閃かせながら、その薄い皮膚に現出したメラノーマは嫉妬や苦悩、憤怒のために紅潮した蝶番に旋回する軟膏を忍ばせていた、鉗子のさきに朱鷺いろの虹霓の卵嚢が吊りさげられてあり、天候はときに斜めに結晶化した俗謡を遙かに飜して鉱物的な日常をさらに氾濫させ、ふいに地上へと現れては、すぐさま高架上を滑っていく地下鉄のプラットフォームに銀紙につつまれた夏のオルゴールの廻転する円筒状の、あるいは円盤状の、それは多くの場合には地球儀か星座盤を模した真鍮製のちいさな構造物であるが、雲をつらぬいて聳える崖の中腹には機械仕掛けの墓地がいつしか築かれて、そこを訪れた何人もの巡礼者らによって棄てられたトルソーらの見えない手頸はピアノラを弾くためにあった、あなたの劣情をそそるものとして発達した腹筋や大胸筋のなだらかな盛りあがりにそって、耳の奥に潜む水琴窟の骨骼をなぞるように日づけは変わり、採石場跡に積みあげられたままになった蒙古斑のある石碑に背いて蹲り、傾きかけた換気塔や煙突からいまもうっすらと巻きあがる半月がふいに悉曇文字へと形を変えていくのを、包皮をやや余計に、過剰にあまらせた仮死状態の囚人は砂に埋もれるようにして殺された、錫金とだけ記された付箋にかこまれて、南国の港湾都市から広大な盆地を経由して、たくさんの王冠を載せた貨物列車が、寒色ばかりを反射する石灰質のこまかな孔が無数に空いた、雞冠のある地形の、憎悪と牛乳で満たされ、材木と木屑で溢れ、猫のきられた爪が散らばった部屋にまでいたる、先頭を走る電気機関車の車体をかすめて大型の鷲のなかまが数羽飛びさり、鉤形の黄いろい嘴が妙に眼裏に残り、水曜日から木曜日への断続した遭難信号が乾燥をまぬかれずにいる、線路を横ぎろうとする艸龜の陽炎につつまれた残像を認め、あなたが握った何本もの鏨を投げつけるのに、ゆらめいて消えることのないそれは増大する複素数分の動脈瘤のように、幾種類もの黴で蔽われた古い酒樽の内部に充満する破水した黙劇を分裂させるのだ、そのしたを蟻が匍う、肉食性の、獰猛で貪婪な小昆虫の、硬い表皮を潰そうと雨滴は撃ちつづけられ、壊れた冷蔵庫の駆動音だけが海底に響く散大した刻限に、鰯のそれ自体が意思をもったふうにも見える大群が、注射器を手に手に非合法の果樹園への侵攻をやめず、降誕節には螢光色に染められた豹がたおやかな尾を左右に揺すっていた、結露した窓からは冬の名残りの萎れた柘榴の実がひとつだけ見え、家の裏にある焼却炉からあがる金粉が混じった煙を吸って、凍った浴槽を泳ぐ鱓が腹を見せたまま腮を吐きだしている、脂肪の多くが水銀に毒されている飛行場には検死官とその助手が提げた鞄のみが咳きこんでいて、冷たい手の甲に茅蜩の脱け殻が停まったまま、棺桶のかわりに萱鼠の巣箱をしかけておいた、こうも水平にひろがっていくだけの会話に棹ではなく実体や教養のない水を一滴でも注ぐのなら、註釈や補足で階段状に、立体的にも感じとることのできる、等高線が何重にもひかれた地図帖の頁がたやすく風に捲られて、あたらしいまっさらな土地が海の樹のさやぐ枝枝に実るだろう、椅子のうえに、多くの刑務官たちのそれぞれに濃度の違った体臭が西陽をうけてわだかまっている、まるで、底生の棘皮動物の微細に枝わかれした腕の形状を連想させずにはおかない、あなたのところどころ頭皮がのぞけている薄い頭髪のしたにひろがる犬泊夫藍の見窄らしい蘂が撒かれた冬の水槽に、*Aspergillus oryzae* の入植地がしずかに搏動しているのが見え、または聴こえ、首都の中心部から放射状にのびるあまたの道の表面に霜も根をはりはじめ、水茄子と鐘の音の畔りで、手紙を携えた爪が高層ビルの谷間をゆっくりと沈められた故郷へとふかれていった、洗濯鋏と安全ピンをつたう露のまどかさ、あなめ、埋立地の姥の眼窩に芒の群生は繁り、まるい金魚鉢がその手から落とされて、金魚藻も下水道へと吸いこまれていく季節の境い目に、針を刺す手もやがては滞りはじめ、いよいよ銀幕に群がる大水青を狙う蝦蟇も理科準備室で解剖されるのを待っている、今日は頻りに何機ものヘリコプターが騒がしく往来し、ちかくの杜の上空を旋回しているようなのだが、項にそって汗が幾条もつたうのを軽い頭痛とともに眺めていたら、風に煽られて砂埃が舞う砂利が敷かれた庭に二羽の白鶺鴒が飛んできて、姫椿の雪洞のような花が揃った隣りの自然植物園を散策するあいだ、家禽が放たれた池に滴る女の汗を餌と間違えてくちを精一杯ひろげる一匹の錦鯉がさびしそうに不眠をもてあましていた、いつも手の顫えを抑えられず、最後には箸やスプーンももつことができずに食事もままならなくなって、見事に痩せ衰えたうつくしい蟬のように乾ききったひとの縮んだ背なかが徐徐に病院の壁に滲んでいくのをとめられなかった、何度もおなじ庭を歩いて、何度もおなじ廊下をわたって、何度もおなじ清潔な病室の寝がえりをうつたびに軋むスチール製の寝台に寝転がって、掌におさまる液晶画面に映るそのひとが若かった頃の鋭いまなざしをもうわたしは見ることができない、稀に花を咲かせるというちいさな多肉植物をひと鉢育てはじめ、睡蓮があなたの耳許でささやきかけるのをそっと聴き、その頃にはテレヴィジョンがただの重たい不具の胴体になってガジュマルの気根にからみつかれていて、片方のスピーカ

ーから犬の吠え声が幽かに洩れている壊れかけのラジオだけが、いまもあなたの
声を届けている、三月のある日、優美な鷺を見た、

＊ある詩篇からの引用や、ある小説の一シーンに基づく箇所がある。

絹と石、その他の単調な材質のもののための（ton）kraftwerk

僧侶らの聲を、谷間から反転させる風もふき、虹いろの馬も駈ける。左へと水楢は枝を揺すり。沙原に杜若の濃いくちびるが波紋をよせて、李糖が散らばっている。タペタム、曙の輝獣類の、角のない眸に映る、蘆のつよそうな茎も、さびれた都市で育ったわたしたちにはよく見えずにいる。ayahuasca はやけにきれいだ。

雲と夜更けに幻視すること。夢のなかの摩天楼は霧に覆われて、航空障害燈が発する赤い光が街中をやさしく包みこんでいた。いつかの湿地帯から渦巻きが、地表を裂くこまかな傷をいたわる。草の結び目。しらじらと海浜から焔のマントラが腕をのばしている。流星痕のように墜ちてばかりいるタクシーに、さきの割れた舌をよせるもの。競艇場の隣りを流れる川にそって（麒麟の頸がそのように見えてしまうこともあるだろう）液体が、酸化する血の乾いた跡に、コンピュータのことばが溢れている。唾液腺に挿さる油の花だよ。やがて霙にまじってスナメリが咲く、砂嘴で綴じられた世界。禁足地に桂花の樹がたっているのかをしらずに、頬のこけた蟒蛇を生け捕りにする雑木林の秘め事です。花椒、蝦夷鯨、鮫の爪を喰う、尿漬けの桃を潰せ、と瓦屋や若狭に煮くずれた恋人の宝石もある。祭のあと、藁人魚の牝ビレがからからと、鳥黐に脚をとられた石龍子の乳を漏らした。

一台の、糊づけされた昨日と今日のはざまを亡命している、タイヤのないマイクロバスが走っているのが、よわよわしげな葉叢のすきまから窺えるようだった。硝子の実がなる葡萄の樹の、四肢のようにひろがる枝に、ひとつ、あるいは無数の街が、吊るされているのだ。原稿用紙の欄外に一角獣を摸した路面電車が停まっているが、おおらかな罫線にかこまれて、二匹の琉金が袖をふりつつ蜘蛛を食む。

わたしたちは、そのようにして、またしても、ことばにしうること、ことばにはしえないこと、そのどちらともいいがたい、ことばに結晶する手前で潰えてしまったもののことを夢見る。有限ではない、だからといっていつまでもつづいていくのでもない、無限からもはずれた世界にあって、ことばのみが、無際限にたなびいていくのを、ただ、完全なる停止へといざなわれるのを待つ。

亜寒帯にも植物園はあるか、すべらかな氷原にも根をはる草花はあるか。この架空の地誌を手にたち、樹氷が陽の光をさえぎる羆の磐に。凍える舌の動き、濃紺のインクを滴らせるペン尖からいまも、しゃべりにくい丹麥語――いつからかつかうことのかなわなくなった文字、梵字――のあいまいな母音が花魚尾をゆすっている。黄檗か、lapis lazuliのこまかな泡を指に、また涙腺に溜め、古代の蘆鹿の砂像を壊していった。さらには遠く船着場にひそむ夜盗の寒寒とした背を蔽う、いたいけな騎馬たちのまどかな涎を噬むな、濬うな。薄荷糖は裂け。

とりあえずは逸脱することを恐れず、cantiga、朱い薄衣にくるまれた船が、硝子質の処女へと駈けるのを見る。黙して、いや、盲いて、虚構のうちに頽れて、黒雲のした、モノクロームの絵画に、しかし桃いろに染まった自殺者の群れが座礁した街へと流れていった。彼らの眼には、アザレアの茎が挿さっている。

鯨頭鸛をしっているか、ずっとその嘴がならすけたたましい音が頭から離れずにいる。わたしが鳥であることを証明せよ。

ある日（夢のなかで、いつも、そう、夢のなかで、聴いた憶えのない地名とおぼしき、文字の配列が、浮かんでくる、たとえば、紙折橋、というように）、古地図から剝がれおちた土地の名の誤植が、ある穴を埋めるようにして、石工の肩に黄芭旦がとまっている。あなたはそれを鉱物化した去勢学者と名づける。あかい錆の浮いた看板の文字は判読できず、舞いあがる金粉が渦をえがいて畳まれた光の峡谷へ、冷たい水が湧きつづけるところ。銀盤に反射した恒星の紅炎が奏でる音楽、そのように楽園は逆さまに植わっている。黒曜石の破片が、あなたの紙の瞳に刺さっている。あなたはそれを羊たちの幼さの残る横貌に探そうとしている。いまにも溢れてしまいそうな水飴の陽溜まりに、一羽の鴨が脚をとられていて。

手紙が届くであろう土地の座標を書き記し、さらにわたしは手紙をしたためる。サラマンカの古い歌が書き記された頁の端から、その当時の声が、ペンを走らせる音が幽かに聞こえるようだった。四本の脚のうちのどれかが短いためか、がたつく机に方眼紙をひろげ、薄く印刷された青い罫線を指でなぞり、さらに薄く書きこもうとしてとめた指を無意識のうちにしゃぶっていた。窓際の背の低い書棚には、いろ褪せた花や葉が溶液に漬けられてあるハーバリウムが二本、おかれてある。問われるたびに声をひそめてあなたは答える、答えるべきなにかを忘れたままに。

わたしはためらう。見ることを放棄する。海も、にぎやかな鳥や獣も、きらびやかな蛾も、鱗粉が河をわたっていって、むこうの、槌うつ魔法の星たち、それらのいっさいから目をそらしつづける。愛することのない（鮎苦い、そう聞こえた）、分岐するすべてのもの、すべてのこと。あらゆるなにか。なにでもない。

どれでもない、翻訳することのかなわない時間、経にも
緯にもひろがらないあえかなときの泡……。

少年の膝蓋骨に梅を挿し

コンセルヴァトワールの叔父

睡りがわたしたちにもたらしたものはなにか。菩提樹のやわらかな葉にくるまって幻視したものはなにか。その樹蔭で聴いた冬の歌をくち遊み、鵺が跳ねる広葉樹林をひとりさまよう。頭をかすめる鬼火の群れに瞳孔を燃やし、夏至の雨に濡れそぼった暁を染める覇王樹の朧げな灝気や、氷原からはさらに緑柱石の巨大な芳香がたちこめ、白銀に近づくごとに歪められる円型のその中心へと、はしゃぎすぎた寒冷さは浸すのだろうか。しずけさは、あなたがたの膝を舐める初夏の瞑想をふたたび羽化させるために、六つの錘をつけた開胸器を滲ませ、その光景に朱く唸った墨を流す爪の尖った鳴禽にここで、汗を飲ませる。

金剛石を啄むカナリアがまぶしげな一幅の春のイコン、
枯れた耳、近視のために片側の瞼だけで覆って粉末状の
呼気を逃した。

金魚鉢に浸かった太陽がひまわりの種を食んでいた。梨の果皮をすべって犀の眸を耀かせている雨あがりのやさしい光り、罅われた背凭れに犬の生皮をかけた電気椅子、湯浴みのための土。

貌のない潜水夫の陰翳が、腐敗した蓮の葉や茎が堆積した湖底に杙のようにつきたっている。銀いろの立方体、銀鼠の、昏睡の裏側に姿をあらわそうと、緑の、それかあわい藍いろを帯びた繭か、やわらかい卵鞘を脱ぎすてて絹糸を吐きつづけている。顎のない時代の魚が、きらめく甲冑から逃れようと身をくねらせている。かろうじて鰭の痕跡だけが毒矢の雨をまぬかれている。

もう何十年もまえに創元社から刊行された小林秀雄が飜訳した『ランボオ詩集』の見返しに、乾涸びた羽虫の屍骸がひしゃげた姿で貼りついていた。爪のさきで刮げ落とそうとしても、紙の粗い繊維にからまったからか、それとも羽虫の輪郭が滲んで染みついてしまったからか、こまかな黒い点となったそれはきれいに剝がれることはない。もしかしたら恐竜の血を、そのわずかな腹部に溜めているかもしれない。

オルドヴィス紀の終わりに羽根ペンはつき刺さり、その頃の風土を記した地層から明日の月齢をしるのだが、それは鱗を持たぬ魚たちの脊椎をしたたかに砕いた。いよいよ *Αμφισβαινα* は羽搏いて、あわい宿酔を忍ばせた顔料をその軌跡に載せていく。緋いろにきらめく鬣を靡かせて、切手の料金不足のために返送された封書をはこぶ馬、なめらかな膚に刺繡されている紫がかった藍鯨の巨軀をしきりに擦る指を断つ。

展翅板に縫いつけられた過去の裳裾をたどって、いっぴきの蛇舅母がしずかに空間の襞に隠れる。猫の餌の腥くしろいにおいに誘われて降りだした温い雨に手肢をからめとられた翡翠は、その後の洞穴での情事にくわわることもない。水曜日に、茅蜩のざわめきにふちどられてここを去る。Abii ne viderem、とつぶやいたのは、ワセリンでくちを封じられた გია ყანჩელი だが、そのゆくえをせせらぎの畔りに咲いた鷺蘭にたずね、球形の、水泡のあつまりの中心にたつ戦地は、もうやわらかであたたかな腐葉土の肥沃さもない。陰核をもつ衛星は、馬骨か牛骨の孔の多い表面が光りを吸収してしまうために、いつでも綿埃が跳ねているのみだという。かたちんば。

雪の降る音は、ピアノのそれに似ている。

Helvetica Activity、（浜辺で、あの頃のわたしたちはいつも溺れていた）

風が吹いているわけではないが、この春の、水に濡れた地形図にそってひかれた幻の線路に陽光がさし、さまざまないきものの呼気が渦を巻くその涯てに、見えない地下鉄が、無限の川によって切断された街のへりの嶮しい崖から転がり落ちていった。善知鳥が巣をかける場所、そこは琥珀のソーラーシステム、放射状に拡散していくわたしたちの困惑がいり雑じった雪が波のうえで踊っている。ゆらめくPulse、瞬く間に鏡のなかへとひきずりこまれていく巨大な電波塔からは、誰も解読することのできない不審な暗号が戦闘機の表面に反射して、はるかソンブレロ銀河にまで飛ばされていた。意味を失った数列、羊歯類や蘚苔類の遺伝子配列のエスキース、それら、線形の博物図鑑に挿まれた新聞の天気予報欄のきりぬきには、微細な泡をまとったちいさな蝦の群れがはりついている。産卵期を迎えると、虹いろにきらめくパルプが空を舞って、ほそく尖った繊維のはしに筆記体のアルファベットがざわめいてやまない。紐状の空間からかすかに洩れ聞こえてくる角のある獣たちの妬みや飢えのくるしみを歎く声に、地を蔽うものらのあえぎがかさなる。ふいに、地図の裏側からたちあらわれた半透明の都市へと歩きはじめてしまい、街路をくまなく泳ぐ雌の姥鮫に、彼ら、足の萎えた七人の娘たちは眼を奪われて、ガードレールをまたぐ禿びた男の背広には、無数のほつれや糸屑が、まるで蟯虫のように、あの狭い瘡蓋だらけの水没した都市を縫う路地を描いているふうである。上背はそこそこ高く、貌のない洞窟湖の畔りにたって、仔羊の肉を喰らっている崩れた貌の情夫と、ふるえる映像のある貯水槽。そこからくわえてイヤフォン、あるいはヘッドフォンの、ビニールにくるまれた銅線が長く海岸線をひく彼方にあわくあらわれた伝説上の大陸の均衡をたもった巨大な土台のしたに、さらに巨大な頭足類の吸盤が嵌めこまれた時計仕掛けの触腕が、深夜の街道を走るタクシーのバックミラーに映りこんでいるので、水と泥によってなりたっているひとびとの記憶と肉体との連関のなかに、ではそのときにあなたはなにを殺めようと手をのばしたのだったか？

Botanical Music Lesson

ひとびとの貌から
朝や、夕がたになると蔓がのびてきて
表情や筋肉が薄れていく
ふたつにわれた蒼じろい錠剤が
蛾の吸う水に、
おもに鰓呼吸をするものらに
六月に、それから
Mongolisme のなつかしい日々に

モルタル造りの謙遜と
いびつな翅脈からわりかし
魚の目の、その中央には
レタスや葉巻きが
植っていると、もっぱらの噂なのだ

オレンジの果実、
それやそれに類似する球体への幻想を
こうして糊塗するための
カカオバター、膠、求肥など
人工島に聳えたつ
仮死の玉葱による宮殿で
睡眠を阻害されて、モルモットと
アルビノ風の肺

ガラスの露台は草原に
熱い頭髪を投げるための設備
廻転する港に、
銅像を倒した

いちごも実る
春の無響室にて堕胎する体臭
沈黙する雨
メタセコイアの巨大な空洞のなかで
聴こえることのない話し声が
枝葉からつたい落ちる
つららか
雨だれかのように
いまにも沼がひろがる

この名指すことのできない
atmosphere、吐息に
むかいあう時の鏡

聖なる空虚、
Icarus 眼の涯てのはて
裁縫用のある机の
手や黄ばみにちかく、　歌も洩れる
ことば、　胃石
水平に満ちていった蟻塚の内部
均衡をうしない
コブラの紋様に恐れをいだいて
活火山流の頸のおれた
キメラ

法律家の住む庭だった
ベーコンのこげるにおいに
つられて
ジャングルをわたる
アニサキス、渇く

ちぎれた銀紙を
食べたあと、奥歯に苦みや
さびしさがとどまり
あけの明星を射る
花の女神、葉脈を潜りぬけて
あふれる思慕に溺れつづけていた
釣りびとの影が地下鉄の窓に映っているが
煙草のから箱に遺骸をつめ

警笛が枕もとへとどく
トマトの苗木にあつまったシリウス
岩牡蠣、あまい
井戸水にそよがれて
面麭の底に
よごれたことばも落ちる
船酔いには
脳油を煮たたせた

針金や
文房具の国に住んで
太陽が、
あのきらびやかな合成繊維に吊りさげられて
越冬していた

さらには裏声で、
この恋をしたためた
食虫植物の熟れた食道のために
はだかの喉の
アフリカ
ひややかな碧い
鉄橋からちぢれた兎皮の
あやつり人形が飛び降りた
くりかえしの切断は
ときに祖国を
製氷皿の窪みに陥れた

とこしえに、エリンギの
菌糸をからませた指

嚢れた沙漠に
あしたの食事を埋めた
ヘドロにまみれて
装甲車のせなかがあざやかで
ふいに馨って
ムスカリが挿す扇のような鹿の餌が
火の吠えたてる音も
zapateado や汽水域で
栗の栖が荒らされていた
なんども歎いて
連結器を多数、ひきつれていた
竹藪
乳母にあやされて
食わず嫌いに竿をたてた

睡蓮の覚醒、または〈فنا〉へのつめたい憧れと méditation

またしてもあの《恋空》へと駈りたてられる夏に、

(閉鎖病棟と、黄いろい風車のある……)、

(カーステレオ)、

(革靴と鏡)、
電子計算機の音、微粒子が剝がれて額の縫いしろの裏へと潜っていく音、太陽の模型のある花壇に画家はたって、もちろん風車はなく、携帯電話には家禽の気配がない。壊れた車には針葉樹と、鉄の街(セメントと、質の悪い鉄鉱石が積みあがった涯ての街まで、あかりを消した回送中のタクシーに乗って、最近

は、忌み地にも足をのばす楽しみが増えた）
海岸までつづく左ききの桜貝、めまいがひどくて
どの貴婦人もその場所から動けずにいる。雪原をきり裂いていくあかるい狐の
窓、
泥とスープの陰翳よりさきに、蠟燭だけが、あざやかな春の蝶を覆っている。
チェロ（はたしてわたしはそれについての言及をしすぎたのではないか？）、
北極海へとのびる半島、くずれたトマトが浮かぶ海、幽霊もいる。しらないひ
との親の体臭が懐かしくおもえる日もあるか、蚊捕り線香がくゆらす残像のむ
こうで、ぬけ落ちた鯨類の牙が整列している。
そうなのだ、
トランジスター・ラジオを羽織った遺族の亡霊を避けて、民族主義者らの演説
はたなびいていった。その声音、傷のある盗賊を手に、耳に
耳垢に、そっと、においたつ、カイゼル髭を自慢する伯父（あなたはだから罅
がはしりはじめたフレスコ画の表面を、鼬か貂かの毛が、空調設備から運ばれ
てくるすべらかな銀の笹舟に乗って、赤紫いろに頬を染めるヒースの曠野にひ

っそりと建つ四阿へ、テレピン油の壜を届けていた)、その眼は烏賊のようだ。
丘にたつ自動販売機、宙に鍋や釜や薬罐が浮かんでいるふうなのだ。
南には冠の砂像がやがて崩れていく落日をもくろんでいる。釣り糸をたらし、
庭のそこから水琴窟を呼ぶ犬らの吠え声、叫ぶ声、玉葱を載せた浅い海老のま
ばゆい姿が、はたとたちどまってふりかえる。金貨が十枚、燃える足がひとり
でに山頂へと辿っていく。それはまさに漏斗状の一等三角点……
夢の馬たち、風の、その吹き荒ぶ岩壁にたって、
五色の旗が、ひとびとの手から離れ、彼らの頭上たかく
かなた、砂の雨をよけ、眼のない雪につらぬかれ
あの幻覚のうちに建つ無数の摩天楼
前世紀の痕跡に浮かぶ Waterfront とそれら——港湾地区から
頭痛は鳴り響き、
(ここの一行のみを削除する)
植物的関係のなかに対置されて、青みがかった乳白色の泡が湧きあがってくる
のに包まれて睡っていた。いっせいに人工衛星が堕ちてくる夢を見た。それら

はどこからかさしこむ光りをうけると、あわい卵いろに一瞬だけ変化し、羊歯特有のこまかなきれこみのはいった何枚もの黄緑いろの葉のふちで弾けては消えていく。設定としてはこうだ——。宙空にただよう草の球、そこにこそあなたの囚われた心臓——もちろんそう呼んでよければの話だ——が、半透明の鳥たちの呼気に守られている。悲鳴よりも翼のかろやかな銃声を、あなたの声門をぬけて石に刻まれた暦になお撃ちつけるだろう。手は鰭に、足は都市の首へと変身し、注意せよ、と背に烙印をおされた一頭の白い牡牛が駈けていった。島影だけが胞子を養う、珊瑚の死骸が堆積してできあがった細長い島の、薄いからだの日蔭で。

夜のすきに、メロンの、
網目状の、果皮にそって匍わされた
絹の、塩の道
巡礼のための朝の
割れたガラスの宮殿で。
ダルシマーの、それはいわば、ヴィオール風の、彼らの胸に抱かれて、吐息を

洩らす
あの甘やかなできごとについて
夜を徹して泣き喚いた寝台特急――流星痕の、いまだ消えやまない
かすかな耳鳴りをおもわせる旋律、ではなく
古代の、誰によっても
まどわされてばかりいた幼少期に
突然、電話が鳴る。
とくに語っておくべきことではないが、
盲目の魚、それはたとえばどこともしられぬ洞窟の奥深くにしずかにひろがる
湖に棲む、名前すらあたえられていないような、ほとんどしろに近いようなオ
レンジいろのそれのことかもしれないし、悪意に満ちたひとに、針金や竹串で
眼をつつかれた金魚や鯉などかもしれないのだが、そういう魚のぬめりのある
体表面をどこかから差しこんだ不躾な光りがかすめていく。
そのさきへ、わたしたちが
のぞむ国家の姿が、たとえぼんやりとでも、

焔の曖昧な輪郭に隠されて、ついぞあたえられることのなかった私的な空間、それは生活を営むべき庭、それも箱庭のように限られた内臓を遠くに透かし見る浣熊の足跡のようなものとしてある。衝動の周縁をすべるようにして、一羽の古典的な鳩が彼らの爪のさきで燃えているのだ。あざやかなレモンイエローの虹彩が胡桃の実のなかに封印されている。十字架の左右の腕から吊りさげられた二艘の帆船、畳まれた帆にはあなたのしらないあなたの名前が記されている。
瞼のうらにしまわれた原生林に
暗視カメラがたつ
十月革命島
そこは音のない島の諱だが
ひとびとの持つPosauneは、遠く
海の表面にひかれた国境線を
たえず揺さぶっていた
夜更けの風も蒸発し

目覚めた魚たちの乾いた
よだれから絵筆、松脂の
流出がとまらない
凍える惑星にて
むしろあたためた牛乳や
セイロン産の紅茶の茶葉がはいった罐
溶けかけたヴァニラのアイスクリームなどが
窓のそとへ膨張しはじめるのを
湿った画布におしとどめる
ついに昨日、街は完全に停止した
砂袋のなかでうごめく
古代の鹿や雪の創痕
しだいに輪郭を調えて
果樹園をかこう網が
いまにも顫える肺を吐きだす

そのこまかく潰えるへりで
夢の歌はふたたび薄暮の頃をおもい
懐かしむふりをしながらも
海底からの錆びた檻ばかりを怨むのだ
なにを告げるのでもなく、
絶たれた歩行を舐め
これは極北までのつかのまの
抹殺された曲線だと、
さいなむものらの嗚咽なども、またそれも
針葉樹林に迷いこむ鳥のにおいやかな
綿毛、くるまれていたかった
あの冷たい喉を刺す希土類の、
蘚のふちに宇宙の秘密を見つけた日、
すべて砂利敷きの空中庭園からイッカクとシロイルカの群れを見た。
ここにはいない叔父の背中に、落ち葉、針のさきほどのひとびとの観念を燃やすための乾いた枝や甲虫の屍骸が、市場から離れた薪小屋のゼラチン質の窓を曇らせて、いまにも火の音階をとなえるときがきた。世界はそのさらに細くてまばゆい呼気の奥に巻きとられ、化粧室の水は大聖堂の裏からのびる獣道に見たこともない草花を咲かせる。流氷のうえにだけ生える不思議な茸、巨人の足の甲にひらいた氷河、腐敗がはじまった海豹の乾いた貌には、はるかな自由浮遊惑星までの光子の航路が刻まれている。

深夜の三時に、薄紙をやぶって

そのかすかな音が、飼い葉桶——このことばによってひきずりだされてきたあらゆるイマージュの断片が、まるで蜜蜂たちの翅音のように厩舎の四方を覆うのだったけれども、そのこと自体よりも、川を数百キロメートルも遡ってきた海水に浚われて、ここにはもう犀の剝製も、古紙回収車もただしさを損なってしまっていた——の隙間から半醱酵茶とともに漏れでていて、湯気は冬にまぎれて朝陽の周縁を踊りながら、落花生の苗を踏みつけてはいけないのに。

阿片はね、

ひとたび竹の籠から飛びだしてしまえば

もう彼らのもとへ戻ってくることはないし、
複数の親密な、そうでなければ稀薄な関係性を脅やかす存在ではあるのに、
むしろそれよりもまだ
国家を転覆させた過去にこだわるひとびとの
なにか非常に贅沢で、
そうかとおもえば、
つましさで濁した暮らしぶりが
どうも判然とはしない文庫本のみによる生活のさなか
化石燃料によって温めつづけられている
あるひとつの萃果
ゴリラ
ランドセル
るからはじまる憲兵が脱走する
ルンバ、LOUIS VUITTON、ルワンダ、ルイボス、ルッコラ、類義語、ルリカ
ケス、その他のすべてが記述され、記録された装置である書物から、将校は脱

走し、投降し、有刺鉄線にかこわれた枕木のある貯水槽で食用蛙の養殖をしている。
ほんとうはすでに座礁して、
もしかしたら死んでしまっているのに、
誰も気づかない
不穏なことかもしれない
水の微分音
ある夜あけまえの凍った空気のなかを、海へむけて、奇妙な戦火を載せた長大な貨物列車が、蛇行する無数の国境線を越えていった。もはや抜粋されたアフォリスムの薄紫いろの唇からは、燃え残った地図の歪んだ緯度と経度とをつなぐなよやかな遊覧船や、腐肉食性のトラックの襞、廃車にされた肢の長い未記載の鱗翅目に属する昆虫の二齢幼虫などが吐き戻されるのみで、それらが合板のあわいで呼吸する植物たちの廃墟へと行軍をはじめるのを、あなたがたは黙って贖めるのみだ。
その足許にはラフレシアの肉厚の花弁が見えるはずだ

植物による植物のための音響体
静寂
そして沈黙だけが、
片腕の枢機卿の藻類に蔽われた肖像のかたわらで、
これまでの無惨で不潔な行程を是認している
ふたたびの海へ
できれば、
鯨のような優雅で頑健な肉体をもち、
西も東もない海を泳ぎたい

＊武満徹の著作からの引用がある。

目次

道へ 002

沸騰した水がお湯と呼ばれるまでにかかった時間 006

冬の旅 016

群島S. 020

環礁、あるいは《星月夜》 026

Poème Symphonique for 100 fragments
Un texte en hommage à LIGETI GYÖRGY 038

metamusik 064

(　　Tehi) llim 076

Chaconne pour violoncelle seul 088

Credo in US、または〈道化師の勝利〉 092

ビニール傘と地下鉄のいない手紙 106

（郵便的）、それ以外の犬たち 114
Sept Papillons 126
Hanakoganei Counterpoint、もしくは〈群（ancien - ambiant）島〉成仏 remix A version 134
豚小屋はブリザードに見舞われて ―〈群（ancien - ambiant）島〉成仏 remix B version― 144
Bagatelles 148
Le Tombeau de Tombaugh - Autogynephilia Edit 168
十字架の蔭から鹿を覗いている男 176
絹と石、その他の単調な材質のもののための（ton）kraftwerk 188
コンセルヴァトワールの叔父 202
Helvetica Activity、（浜辺で、あの頃のわたしたちはいつも溺れていた） 214
Botanical Music Lesson 216
睡蓮の覚醒、または〈تأمل〉へのつめたい憧れと méditation 224

初出一覧……238

初出一覧

道へ（初出不明）／沸騰した水がお湯と呼ばれるまでにかかった時間（『沸騰した水がお湯と呼ばれるまでにかかった時間』［カニエ・ナハ共著］2014年11月24日）／冬の旅（「現代詩手帖」2015年4月号）／群島S.（初出不明）／環礁、あるいは《星月夜》（「環礁、あるいはきまぐれな《星月夜》」改題、「サクラコいずビューティフルと愉快な仲間たち」8号、2014年2月15日）／Poème Symphonique for 100 fragments　Un texte en hommage à LIGETI GYÖRGY（『metamusik』archaeopteryx、2015年11月3日）／metamusik（『metamusik』archaeopteryx、2015年11月3日）／(　　　　　　　　Tehi) llim（「漆あるいは金属アレルギー」3号、2016年2月1日）／Chaconne pour violoncelle seul（初出不明）／ Credo in US、または〈道化師の勝利〉（『Credo in US、または〈道化師の勝利〉』archaeopteryx、2017年2月25日）／ビニール傘と地下鉄のいない手紙（『ビニール傘と地下鉄のいない手紙』archaeopteryx、2017年3月18日）／（郵便的）、それ以外の犬たち（『（郵便的）、それ以外の犬たち』archaeopteryx、2017年4月22日）／Sept Papillons（『Sept Papillons』archaeopteryx、2017年5月13日）／Hanakoganei Counterpoint、もしくは〈群（ancien – ambiant）島〉成仏 remix A version（『Hanakoganei Counterpoint、もしくは〈群（ancien – ambiant）島〉成仏remix A version』archaeopteryx、2017年7月22日）／豚小屋はブリザードに見舞われて ──〈群（ancien – anbiant）島〉成仏remix B version──（「Direction Q」2017年7月31日）／Bagatelles（『Bagatelles』archaeopteryx、2017年6月21日）／Le Tombeau de Tombaugh – Autogynephilia Edit（「現代詩手帖」2018年1月号）／十字架の蔭から鹿を覗いている男（「十字架の蔭から鹿を覗いている男」archaeopteryx、2019年4月30日）／絹と石、その他の単調な材質のもののための(ton)kraftwerk（「絹と石、その他の単調な材質のもののための(ton)kraftwerk」archaeopteryx、2019年4月28日）／コンセルヴァトワールの叔父（「ユリイカ」2019年11月号）／Helvetica Activity、（浜辺で、あの頃のわたしたちはいつも溺れていた）（「Poetry EXPO 2020」archaeopteryx、2020年11月30日）／Botanical Music Lesson（未発表）／睡蓮の覚醒、または〈الكتاب〉へのつめたい憧れとméditation（未発表）

Hanakoganei Counterpoint

2024年9月16日　発行

著者
榎本櫻湖

発行者
知念明子

発売
七月堂
154-0021 東京都世田谷区豪徳寺1-2-7
電話：03-6804-4788
FAX：03-6804-4787
装幀
佐野裕哉

印刷・製本
創栄図書印刷株式会社

乱丁本・落丁本はお取り替えいたします。

Printed in Japan
ISBN978-4-87944-581-0　C0092